ダーティ・ワーク

絲山秋子

集英社文庫

目次

ダーティ・ワーク

Dirty Work

worried about you

ウォリッド・アバウト・ユー

どちらが長く禁煙が続くかなんて、本気でやめる気もないくせにベーシストの坂間《さかま》とくだらない賭《か》けをした。結局熊井《くまい》は負けて、約束通り大嫌いな健康診断に行く羽目になった。二人とも、そんなものはナンセンスだと思っていた。健康あっての仕事なんてことはいやというほどわかっている。けれど、一曲いくら、ライブになれば一本いくらで働いている彼らが、体が動くのにどこか悪いと言われたって仕事を休むはずがない。休むのはどこかが痛くて立っていられなくなってからだ。熊井は生命保険にも入っていない。受け取って欲しい相手がいない。国民健康保険料だって渋々払っているのだ。

病気休暇があるリーマンとは違うんだ、と熊井は思った。リーマン、と頭の中で強い調子で発音したとき、まだあの男への腹立ちが残っていることに気がついて、自分で「へえ」と思った。

坂間は賭けに勝ったとわかった瞬間から、またパーラメントを吸い始め、熊井が目の前で病院に問い合わせと予約の電話をするのをほくほくしながら見守っていた。いつかこの借りは返してやると熊井は思った。

熊井の医者嫌いは子供の頃からだった。風邪《かぜ》をひいても医者に行くのが嫌でギリギリまで我慢していた。健康なのに病院に来るなんて愚の骨頂だ。そう思いながら、服を脱いで軽く畳むとロッカーに入れた。それから薄いピンク色の術衣とも寝間着ともつかぬものを身につけた。もしも大地震が起きたらこんなみっともない格好で逃げるのだろうか。ここは病院だけれど火災が起きない保証はないし、そのときはやはり財布も鍵《かぎ》も持たずに逃げなければならないのではないだろうか。

検診は検尿、胸部X線、心電図、採血、身長体重測定、問診の順番ですみやかに、しかし学生時代と殆《ほとん》ど変わらない設備で行われた。婦人科系の検査は改めて来て下さいと言う。行くかよ婦人科なんて、と呟《つぶや》きながら病院の玄関を出たときにはもう午後二時をまわっていた。熊井は一度見た楽器は決して忘れないが、自分のママチャリはどこに置いたのかいつも忘れてしまう。やっとみつけて乗ったとき、また自分の体から消毒のにおいがつんと立つような気がした。大通りを渡る信号を待っているとき、一瞬、夏の街が黄色っぽく見えた。

スタジオに出かけるまでにはまだ時間があった。

どんなに忙しくても暇なものは暇だ。つぶせないからそれを暇と言う。熊井は映画もテレビも見ないし、本も新聞も読まない。いつまでもギターをいじっている。けれどふと途切れる瞬間というものはあって、それがフレーズの途中だったりしても、ここまでだ、というのは直感でわかる。音が止まった後に残るのは膨大な暇だ。音楽は聴くが、聴くといっても仕事のものが多い。それが終わってしまうと、結局ローリング・ストーンズばかりになる。そのストーンズだって別にまじめに聴いているわけではなくて、流しているだけだ。ビデオクリップを見て熱くなっていた時代は終わった。

ツアーに出ればそれはそれで忙しそうなものだが、サウンドチェックは三時頃からだし、睡眠時間の少ない彼女は出先でどこを見て回るでも買い物をするでもなく、ただ暇なのだ。それでホテルのベッドの上にだらしなく座ってギターを触っている。

普段の生活はもっとそうだ。稲本《いなもと》から紹介された仕事ならなんでもこなすが、レコーディングにはさしたる時間もかからない。ギターケースを肩にかけエフェクターボックスを持ってスタジオの重いドアを押して出るとき、ああ暇だなあ、と思う。今日も暇で明日も似たようなものだ。死ぬまで私は暇なんだろうか。

彼女は自分をもてあましている。もてあまし続けている。

自分のことを、自分に弾けない楽器のようだと思う。楽器である自分とプレイヤーとしての自分が合っていない。上手に弾けたら楽しい人生なんだろうが、彼女は自分に苛立《いらだ》っているだけで時間を消費している。本物の楽器ならそんな相性の悪いのはさっさと手放して、他の、もっと自分に合ったものを探せばいいわけだが、居心地のいい自分というのは二十八歳になってもみつからない。きっといつまでたってもみつからないんだろう。


退屈しのぎに、熊井は神様に向かって話しかける。それを人は祈る、というのだろうか。TTはどうしていますか。TTは忘れてきちゃった自分の分身みたいなものなんです。もう何年も会っていないのにTTのことが心配で仕方がないんです。

彼女にもしも神様がいるとしたら、それはギターの神様だ。ベックでもキースでもない、アメリカ中西部を永遠にツアーバスで回り続ける誰でもないただの神様を熊井は想像してみる。

中学二年のとき、転校生として入ってきたTTのことを、熊井は今でもはっきりと思い出せる。窮屈そうに制服を着て、何か、苛立ちを踏みにじるようにして立っていたこと。翌日から快活な面も見せたけれど、決して学校の連中には深入りしない、という態度を取り続けたこと。渋谷のシスコでばったり会ったとき、持っていたセックス・ピストルズの輸入盤をちょっと恥ずかしそうに持ち上げて、「こんなの好きなんだよね」と言ったこと。熊井はその日クラスというバンドのアルバムを探していたが結局みつからなかった。二人はマクドナルドでコーラを飲んで、どんな音楽を聴くのか熱っぽく語った後、パルコの裏でタバコを吸った。熊井がタバコを吸うのは実のところまだ二度目だったのだけれど、さもいつも吸っているような顔をした。熊井は前の年の冬からギターをはじめたことを初めて他人に話した。すると一ヶ月もしないうちにTTが下駄箱のところで熊井をつかまえて、ベース買っちゃったよ、と耳打ちした。それ以来TTと熊井は誰も間に入り込めないほど仲良くなった。彼らが興味を持つこと、彼らがひどく嫌うことは同じだった。つまり、かっこいいものとかっこわるいものだ。

一九九三年から九七年まで熊井とTTはバンドをやっていた。最後の頃は、ライブハウスで人気のあるインディーズバンドの前座をやることもあった。熊井は、スタジオミュージシャンとして本格的な活動を始めるまで、TT以外のベースと組んだことがない。熊井はチェーン店の居酒屋でバイトをしてヴィンテージのストラトを買い、スタジオ代を捻出《ねんしゅつ》した。TTは浪人中にフェンダーのテレキャスベースを手に入れた。下町の方の質屋で掘り出してきたと言っていたが、本当かどうかはわからない。黒いボディに白いピックガードのついた、鯱《しゃち》を思わせる楽器だった。TTはその、ジャズベースよりずっと弾きにくい、野太い音のベースを結構手なずけていた。バンドは、時にはボーカルを入れ、気が合わなくなって抜ければTTがいかにも間に合わせといった感じで歌い、ドラムだけは定着せずに何度も代わっていた。

あのベースは今どこにあるのだろう。ギター弾きというのはだいたい朝から晩までべたべた楽器に触っているものだが、ベーシストは家で触ったって、すぐに放り出すやつが多い。さすがに今はもうTTは弾いていないだろう。オークションにでも出してしまったかもしれない。しかしそれをみつけたくはないな。ピックガードの下の傷とネックの微妙な反り具合を見たら一目でTTの楽器だったとわかるはずだ。

最初はコピーバンドだった。最初から、と言うべきか。熊井は高校の頃は曲を作らなかったし、ある時期を境にまた作らなくなってしまったからだ。何を作っても同じだ、という壁に突き当たって結局彼女はその壁を乗り越えることがなかった。学生時代は、ストーンズと七〇年代、八〇年代のロックが彼らのレパートリーだった。ライブの最初の曲は決まってストーンズの Under My Thumb で、それは「American Concert」ではなく、「Got Live」の真似《まね》ごとだった。ＴＴは歌うことにいつも照れていてベースに専念する方がずっといいと言っていたが、熊井はＴＴが歌うストーンズは悪くない、と思っていた。特にファルセットが良かった。だから、Worried About You はソロに苦心したが、好きなナンバーだった。キースの真似をしてはいけない、とわかってから自分なりのソロが弾けるようになるまであれこれ模索したものだ。

　ＴＴはキース・リチャーズが好きで、彼女はミック・ジャガーが好きだった。彼女とＴＴの違いというのはその程度で、ほかにあるとすれば熊井が社会に対して無関心であり続けたことくらいだった。ＴＴは無関心ではなかった。ときに反骨心をむき出しにすることさえあった。

　ずっと後になって、ＴＴは、

「似てるのかね、我々」と言った。

「今ごろそんなこと言われるなんて思わなかったよ」

熊井は笑った。

熊井は大学を途中でやめた。稲本と知り合ったからだ。授業料を親に払ってもらいながら卒業出来そうにない大学を続けるよりも、早く自分の腕で稼いで独立したかった。稲本はこの業界で言うところの「インペグ屋さん」で、早い話が手配師だ。いつも何かしら仕事をくれる。もちろんマージンはとるが、彼女はそれ以外に仕事の取り方を知らない。彼女は何でもこなす。アコースティックでもエレクトリックでも。演歌だろうが、ブルースだろうが、Ｊ－ｐｏｐだろうが。

それが仕事というものだ、と彼女は思っている。

熊井が育った家庭はごくありふれたものだったから、両親は彼女がそんな不安定な道に進むことを歓迎しなかった。だからといって大した衝突をすることもなく、彼女は二十一歳で家を出た。そのときアパートを借りるための保証人を引き受け、金を貸してくれた稲本のことはやはり恩人だと思っている。年に何回か、母親から電話は来るけれど、彼女は家を出てから一度も世田谷の実家に帰っていない。

熊井望《のぞむ》という自分の名前が彼女は大嫌いだ。ただでさえ男に間違えられるような見た目なのに、名前までも男か女かわからない。その上「熊」というのが気に入らない。ツアーの時に必ず彼女を指名する宮瀬《みやせ》れいなはいつも「クマー」と呼ぶ。「クマクマ言わないで下さいよ」と熊井は言う。

大阪のツアーから青物横丁《あおものよこちょう》にある狭いアパートに戻ってきて郵便受けをのぞくと、チラシに混じって薄っぺらい封筒が入っていて、それが健康診断の結果だった。お茶を淹《い》れながら封筒を開けると、まっさきに少し曲がって押された黒いスタンプが目に入った。印刷されているのは馴染《なじ》みのない、詳しく見る気にもならない数値ばかりだったが、スタンプは心電図の欄の横に押されていて「要再検査／三ヶ月以内」とあった。なんの説明もない。

そんなもの、と思いながら左手を胸に当てた。心臓が悪いなんて言われたことは一度もない。変な動悸《どうき》がしたり倒れそうになったこともない。

だから言わんこっちゃない。健康診断なんて。

必要もない不安を彼女は引き受けてしまう。不安こそ、彼女が何よりも回避したいものだ。彼女は一人で不安定でその上暇なのだ。実家の穏やかな空気だって自分を不安にさせたから、家を出たのだ。生活以外の不安なんていらない。勘弁して欲しい。

けれども「再検査」の烙印《らくいん》が押されている。これが他人だったら、再検査は即病気じゃないんだよ、と言えるだろう。けれど自分のこととなると、悪い方へ悪い方へと考えが転がっていく。心筋梗塞《しんきんこうそく》、狭心症《きょうしんしょう》、心不全、弁膜症《べんまくしょう》……熊井にはそれらの区別がさっぱりつかないのだが、調べることもせずに深刻さだけを味わおうとしてしまう。無視しようか。再検査に行くべきか。

TTのことが心配だ、と思う。

けれど一体なにが心配なんだろう、彼女は考える。もうずっと会っていないのに。彼女よりTTの方が人当たりもよかったし、まじめだった。頭だって悪くはなかった。きっと普通の会社で——熊井は会社というところで働いた経験がないからよく想像はできないが——まっとうに働いているんだろう。或《ある》いは新聞記者とかの方が向いているのかもしれない、これにも何の根拠もない。少なくとも音楽業界とかそういうところじゃない方がいい。熊井が想像するTTの姿は二十歳《はたち》から年をとらない。変わっていないといいなと思う。結婚はしているだろうか。しているかもしれないし、一人かもしれない。携帯の待ち受けに娘や息子の写真を入れているTTの姿は想像もつかない。なにかの瞬間、頭に浮かぶＴＴの姿はいつも、どこか、暗いところで体育座りをして、山盛りになった灰皿にタバコをねじるように押し付けて消して、視線をさまよわせている。そこがどこかわからない。湿った冷たい空気が淀《よど》んでいるところ、北の海沿いの倉庫か、あるいは昔の家の台所にあった床下収納のようなところにＴＴがいる。

ＴＴのことが好きなのだ。だから今でも心配なのだ。一番そうなって欲しくない姿が浮かぶのだ。

ＴＴは自分のことを思い出すだろうか。

さあ。わからない。

自分にしかわからないＴＴ……もうそんなことはないだろう。今のＴＴにはほかの誰かがいて。

そこでいつも思考は止まる。

彼女はギターを抱えて何か弾こうとする。指にまかせて。

自分がどんな死に方をするかなんて、熊井はこれまで一度も考えたことがなかった。面白半分にリストカットをしたことくらいはある。けれど死について、本当に死ぬことについては考えてなかった。あれは十五か十六の頃だ。長袖《ながそで》シャツの下の手首にバンダナを巻いていたらあっさりTTにみつかって死ぬほど笑われた。最初はむっとしたがそのうち一緒に笑ってしまった。その程度のことだ。

今、熊井は、身に覚えのない召集令状を受け取ったような気分だ。それは可笑《おか》しくも悲しくもなかった。おぞましいものを自分が飼いならしている、という印象だった。何に一番似ているか、強いて言えば妊娠の恐怖だった。手をグーにして見つめる。これが自分の心臓の大きさ。指は長いが拳《こぶし》そのものが大きいわけではない。この小さな心臓に疾患があったとしたら、体の中の爆弾はどこで破裂するのだろう。ステージじゃないといいな。と熊井は思う。そういうのには向いていない。自分のような裏方がステージで倒れても迷惑なだけだ。自宅なのかねえ、彼女はそう思いながらくすりと笑いそうになる。畳の上で死ぬ自分なんて。やっぱり、どこかのガード下とか、ビルの地下から上がってきたところとか、そういう場所でばったり倒れるのがふさわしいんだろうか。

「熊井望は死んでもギターを離しませんでした」

口に出して言ってみる。それからすぐに「くだらん」とつけ加える。

ギターの神様は心臓を治してくれるだろうか。無理だ。ギターの神様はギター一本直せやしない。

彼女はがらがらのクロゼットを開ける。ケチだと言われているが本当にお金がないのだ。服なんて買う余裕はない。クロゼットの中身は何年も変わらない。

Tシャツが数枚、冬用に黒のVネックセーターとグレーのハイネックセーターと革ジャン、下はリーバイス501を二本、ステージ用には黒のスリムパンツとシャツ、あとは小引き出しに入った下着。それが彼女の持っている服の全てで、増えもしなければ減りもしない。デートするときだっていつもと同じ格好だった。デートなんて、どうせ脱いでしまうのだからそれこそなんだっていいではないか。服なんて、すり切れれば同じものを買い足すだけで、それは彼女の冷蔵庫の中と同じだ。いつも炒《いた》め物《もの》とかラーメンとか、似たようなものばかり食べている。

クロゼットはがらんとしているが、部屋の中は散らかっている。アコースティックギター、ストラト、ジャガー、レスポール、楽器本体と数の合わないケースとスタンド。あとはエフェクターが山ほどある。それにアンプ、シールド、楽譜立て、坂間が処分しようとしていたのを貰《もら》ってきたキーボード。いつも片づけようと思っていて片づいた例《ためし》がない。もちろん、金があればもっと楽器が欲しいし、そこまでなくてもコンポやパソコンは新しいのにしたい。DVDプレイヤーがない。CDも欲しい。中学の頃、TTに借りて録音したテープは軒並みだめになっている。

でも、何も要らないと言えば何も要らない。

ステージで熊井にスポットが当たるのはギターソロの、ごく僅《わず》かな間だけで、彼女は誰かの目にとまろうとは思っていない。服装に構わないのと、輪郭がひょろ長いのと、髪がひどく短いせいで、女の子に出待ちされたことは何度かある。

女の子たちの表情が固まる。そして言う。

「え！」

その言葉のあとは判《わか》っている。彼女が無視して歩き出す背中にかけられる言葉は。

「クマイさんて。女性だったんですか」

どっちだっていいじゃないかと言い返したくなる。ギタリストです、それ以外になにがあるのか。女だからギターの音が変わるわけではない。自分が弾くからあの音になるのだ。

本当はそのたびに傷つくのだけれど、それを彼女は自分に許さない。認めない。

女と判っていても花束を用意して出待ちする女がいる。勘弁して欲しい。花なんかもらって嬉《うれ》しいものか。どうせなら米を寄越せ。

何が分岐点だったのか、熊井は忘れていない。それを選ばなければ、いまでもTTはかけがえのない友達として存在していたのかもしれない。

TTが持つ受話器に向かって、死ぬのは怖い、苦しむのは怖い、と言っていたかもしれない。TTに会えないまま死んでしまうのはくやしい。

けれどどうやって探していいのかわからない。同級生とのつき合いもないし、TTの実家は道路拡張で立ち退《たの》きになってしまった。何年か前にたまたま通りかかって家がなくなっているのを見た。

いじめられて育った犬というのは、人の手を見ただけでおそれる。自分をぶつかもしれないその手から目をそらさず、尻尾《しっぽ》をたらして後ずさりする。

ずいぶん、いろんな男にいじめられたもんだ。ひどい目に遭わされた。

でも、自分がろくでもない男ばかり、傷つくようなことばかりわざわざ選んできたのだ。リスクの高そうなところばかりに張って、博打《ばくち》に負けてきたのだ。そりゃあ、たまには弱さのある男を愛おしいと思ったこともあったけれど、そんなのは一瞬のことだったんじゃないか。

思い出したくもない。

けれど、その思い出したくないことに彼女はいつも近づいていく。子供の頃、おそるおそるカメムシに触って、その指を鼻に近づけたように、彼女は一つ一つ取り上げて嫌な思いに浸る。

別れた直後よりも、時間がたてば嫌な気持ちはより強くなり、嫌であればあるほど思い出す。やさしい男もいたような気がするけれど、そんなのはとうの昔に忘れてしまった。浮気相手からの電話を目の前で取る男、終わって汗もひかないうちに帰れという男、気まぐれで何ヶ月も連絡がつかなくなってしまう男、酔って暴力をふるう男――彼女は指の骨を折られかけたことさえある――指なんて折られたらギタリストはひとたまりもないではないか。

ひょっとしたら自分に、男の一番悪いところを助長してしまう何かがあるのかもしれなかった。そういう考えは不本意だったが、だから一人でいた方がいいんだと熊井は自分を納得させた。

坂間は彼女の嫌いなタイプの体型をしている。半ば筋肉質、半ば太り気味。それにヒゲだ。やたらと愛想がいい。ベースの腕は本物だけれど、それを差し引いたら何の魅力もない男だ。しかしよく仕事が一緒になる。なれなれしい男だから、一度会っただけで十回会ったような気がする。

「おまえ、今男いないの？」

半年前、酔った坂間が突然言いだして、彼女は不機嫌になった。

「うるさいよ」

「いるのか、なんだ」

「男なんていないよ」

「じゃあさあ」

いつもそうだ。彼女が何も質問しないのだから仕方がない。だが坂間の質問を聞いてやる必要もないではないか。

「おまえってずっと独身なの？」

「さあ」

「考えないの？　こんな不安定な仕事しててさあ」

「不安定だから一人なんじゃん」

「まあ、そうなんだけどさ。おまえ、今度一緒に飲もうぜ」

とってつけたように、いい店みつけたんだよ、と言った。

「今飲んでるんだから別に改めて飲む必要ないじゃん」

坂間はその言葉を全く無視して言った。

「じゃあ来月な。紹介したい奴《やつ》がいるんだ」

そうして坂間はあの男を連れてきたのだった。

飲み会に坂間が連れてくるというそれだけの理由で、彼女は塩垣《しおがき》という男のことをろくでもないんだろうと思っていた。結果的にそれは間違ってはいなかった。あのときはピュアだと思ったが今から思ったらただのバカだ。別れた後でも、もう少しマシな印象の男だっているんだが。あのとき、彼女は第一印象で軽蔑《けいべつ》することに失敗した。彼女は次に二人きりで会う約束を断らなかった。

目新しかったのだ。

塩垣は、彼女のそばにはいないタイプの男だった。会社員という、それだけで新鮮だった。眼鏡《めがね》をかけ、スーツのジャケットのボタンも外さず、ネクタイさえ緩めないサラリーマンが自分を口説いているということが、声に出して笑いたくなるほど面白かったのだ。相手だってそうだろう、スタジオミュージシャンというのがただ珍しかったのだろう、熊井はそんなふうにしか思っていなかった。

つき合って一ヶ月がたつころ、ベッドの中で、おまえ、本当はさびしがりやなんだろうと塩垣は言った。そんなことはないと言うと、強がっているだろうと決めつけた。まさか、と彼女が笑うと、塩垣は洟《はな》を一つかんで、枕元《まくらもと》のミネラルウォーターを一口飲んでから、俺《おれ》は心配してるんだよ、と言った。坂間からおまえのこと最初に聞いたときから気になって仕方なかったんだ。つき合ってみたらもっと心配になった。

何も心配されるようなことなんて。と、熊井は答えたが、しかし誰が見たって心配だらけの生活であることに違いはなかった。

こうやってしか生きてけないから……と、熊井は小さな声で言った。

それは今までだろ。一緒に考えるのはこれからのことだよ、と塩垣はまじめな顔で言った。そして彼女を抱き寄せると、耳元で、結婚したいんだ、と言った。

結婚だなんて！　こないだ出会ったばかりなのに、なんておかしなことを言うのだろう。彼女は笑おうとしたが、体の奥の方から自分を吸い込もうとするような力が起きて、それに負けてしまった。奇妙なことだと思った。今までに一度だって結婚なんて言われたことがない彼女には、そんな男が世の中にいることが面白くて仕方がなかった。それは真剣さのものさしだろうか。

確かに塩垣は、まじめな男だった。デリカシーもあった。それまでにつき合った乱暴な連中とは全く違っていた。なぜ自分はあんな悪い男たちとばかりつき合っていたのだろう、塩垣とつき合い始めて彼女は思った。自分はこの世界しか知らない。外の世界にいる塩垣が正しいのか。自分なんかが結婚することはないと思っていた、けれどもおかしくないのかもしれない、そういう波なのかもしれない、そう迷った。

塩垣は、タバコをやめてほしいと言った。じゃあ、あんたの前でだけやめるよ、と彼女は言った。後になって坂間と禁煙の賭けをしたときにそれを思い出しておかしかった。塩垣だってくだらない何かを賭ければよかったのだ、と彼女は思った。

熊井は塩垣の前ではタバコを我慢し、ギターはケースに仕舞い、テーブルの上を指で叩《たた》くのもやめた。それが熊井にとっての「精一杯女らしくする」ことだった。一緒に寝ているとき彼女はただの女でしかなかった。動物的であることに、熊井は何の抵抗も感じなかった。けれど、服を着ているときまで女であることを求められるなんて。それは嬉しいということなのか、くすぐったいということなのか、やはり居心地が悪いのか。熊井は自分であって自分ではないような時間を扱いかねていた。一人で暇をつぶすのと、二人で暇をつぶすのと、どちらがマシなんだろう。

塩垣は熊井の住む世界のことは殆ど知らず、けれど聞き上手ぶりを発揮しようとしていた。熊井は話し下手《べた》だったが、それでも彼女なりに懸命に話したつもりだ。彼は坂間と同級の三十五歳で、もはや自分の住む金融業界には飽き飽きしているようだった。彼は将来のことを話そうとした。熊井が景色のなかに住んでいる将来のことを。それは時には魅力的だったが、なにかの枠組みにしか見えないような気もした。家の中をかわいらしく飾り立てる主婦のイメージと、雑然とした自分の部屋の落差を彼女は思った。やがて彼女は絶望的な気分に陥って考えるのをやめた。

彼女を戸惑わせたのは、例えば塩垣が駅で待っていて、ギターを持ってくれようとすること、もちろん彼女は頑として受け付けなかったが——すると、彼はエフェクターボックスとか、バッグとかを持とうとするのだった。食事をすれば彼女がトイレに行っている間に勘定を済ませていた。世の中の男ってそういうことをするものなのか。塩垣は今までどんな女にもそうしてきたのか。そう思うと、自分の知らない「スマート」な世間というのが塩垣を通して広がっていくようで、彼女は心細さを感じた。

飲んでいて遅くなると、塩垣はタクシーに同乗して青物横丁まで行き、そのまま三《み》鷹《たか》の自宅までタクシーで引き返す。そういう、不経済なことに熊井はほろっとした。それ以前の男たちは、会えば熊井の部屋に来て、或いは自分の部屋に呼び寄せてやることしか考えていなかった。家の前まで送って自分の家に引き返す塩垣のゆとりは不思議なようでもあり、安心するようでもあり、その空気感が負担でもあった。そのうちに彼女は混沌《こんとん》とした自分の内部を見つめるのをやめた。何も考えないのが一番健全だと思った。

ある日を境に塩垣は避妊するのをやめた。最初はうっかり極まってしまったのかと思った。しかしそうではなかった。三度目のとき彼女が問うと、どうせ結婚するんだから、いいだろ、と答えた。おまえみたいなタイプって、あれだよ、今はそう言うけどさ、出来ちゃった途端に母親らしくなるって、そういうタイプなんだって。

「だって、ギターは？」

彼女はかすれた声で言った。

「ギター？」

男はあからさまに不快な顔をした。布団の中にギターを持ち込むなというルールがあったらしかった。お腹《なか》おっきくしてギターなんか弾けないじゃんというとき熊井はかなり必死になっていた。

そんなもの、後でまたやればいいだろう、と塩垣は言った。

そんなもの、と言われて彼女は気を悪くした。

当たり前のことが違うのだった。だから物珍しさだけで、考えなしにつき合えたのだ。自分は、男とつき合うには向いていないのかもしれない。よく考えれば、それほど人と深くつき合ったことなどなかったのだ。

彼女はしかし、ギターに寄生して自分が生かされているようであること、それがどれほど大事なことなのかを説明する言葉を持たなかった。彼女に出来たのはありきたりの拒絶だけだった。

突然TTのことを思い出したのはそのときだった。TTはどうしているのだろう。TTならわかってくれるだろうか。

いや、TTはそういう話をひどく嫌うだろう。二人は互いにセクシャルな面を持つことを認めていなかった。だからこそ、あれが最後になったのだ。

塩垣と別れて落ちこむことはなかった。いい具合の緊張感が彼女に戻ってきた。塩垣は何度か、考え直してくれ、もう一度会おうと電話を寄越したが、彼女は無言電話のように押し黙り、アンプの電源を切るように電話を切った。メールをまとめて捨て、アドレスを消去するとき、今までにないさばさばした気分になった。

「おまえら、どうなっちゃったのよ」

坂間が楽器をハードケースに仕舞いながら言った。

「別れた。もう会わない」

「うまくいってたじゃん」

「最低」

「なにが原因だよ」

彼女は黙っていようとしたが、坂間がいつもやる「ん？」という視線に負けた。

「孕《はら》ませること以外考えてないから」

坂間はちょっと息をのむようにして、それから、低い声で「そうか」と言った。

「なんだか悪かったかな。俺が紹介したの恨んでる？」

「別に」

「いいと思ったんだけどなあ」

坂間はまた余計なことを言い始めた。塩垣はさあ、昔つき合ってた子と四年か五年くらい前か、ばったり会ってさ、だけどその子は結婚してたからそれからずっと不倫してたんだよ。でももう限界ってことですっぱり別れたはずなんだ。だからちゃんと結婚したいって言ってたし、まじめな気持ちだったと思うんだけどな。おまえは裏表のないやつだし、結構あんなのと合うかもしれないって思ってた。

彼女は相槌《あいづち》さえ打たなかった。腹立ちを見せたり、黙って帰るのは負けているような気がしたから、坂間が帰るまで表情ひとつ変えずに黙って座っていた。

「ごめんな、気悪くさせて」

それ以来坂間は時折、彼女に対してへりくだるような、卑屈に感じられないこともない表情を見せるようになった。彼に悪気がないのは承知しているが、それが、ますますうざったかった。

試しに遺書を書いてみようかと思って、パソコンに向かった。

呆《あき》れるほど、書くことがなかった。一体ふつうの人はどんな遺書を書くのだろう。しかもこれは自殺じゃなくて、病死の遺書なのだ。借金も貯金もない。もちろん土地もマンションもない。ギターは稲本が処分してくれるだろう。でも本当にそれしかない。親に言うべきこともない。言いたいことが何一つない自分がさびしかった。

死ぬ理由もなければ生きていく理由もない。生きているというのは、ただギターを弾いている、その状態のことだ。

昔、取り返しのつかないことをした。

熊井は、大学二年のとき、TTの弟と一度だけ寝た。彼はまだ高校一年で、いかにも悪ぶっていた。たまに電車が一緒になって、話をしたり、ご飯を一緒に食べることもあった。その弟がある日優しげなそぶりを見せたとき、熊井はあっさり体を許した。TTはそれを弟から聞いて怒り狂った。TTは弟とひどく仲が悪かった。軽蔑している、と言ってもよかった。熊井は、弟が家でそんなことを吹聴したことに傷ついた。TTは二度と彼女と口をきかなかった。

彼女は家を出るとき、TTにもほかの誰にも住所を教えなかった。今思うと子供じみたことかもしれない。けれどあのときは大問題だったのだ。

友達だろうが、恋人だろうが、いずれ別れというものはくるのだ。なんとなくフェードアウトしたり、お互いのためなんてきれい事を言って別れたり、ある日突然事故に遭ったりする。失踪《しっそう》することだってあるだろう。夫婦だったら死に別れるのが当然なんだろうか。しかしその悲しみを思ったら喧嘩別《けんかわか》れの方が楽なんじゃないか。

もう一度TTと会えたとしても、もう一度別れは来る。

「おまえ、職人気質《かたぎ》だからなあ」

ステージがはねた後、みんなでメシを食べに行く。ジョッキを持ってわざわざ隅の席まで移動してきた坂間が笑う。

「俺なんかてろてろやってるだけだけど」

「そう？」

彼らはビールを飲んでいて、つまみはあまり食べない。彼女はホールに入る前に昼食を食べていて、はねた後は食欲がない。

「無表情だし」

「まあね」

「話続かねえし」

「そらお互い様でしょ」

今日はやけにからむな、と思った。私なんかと話しても面白くないんだから、自分のことだけ喋《しゃべ》ってりゃいいじゃん。

「健康診断どうだったよ」

「別に」

坂間がトイレに立った隙《すき》に、彼女は荷物を置いたまま店の外に出た。

雨上がりの街路を避けるように、店の出口で外に伏せていたのは犬だった。まるいひとみで彼女を見上げた。リードをひきずっていたので迷い犬と知れた。なでてやるとじっとしていたが尾は不安げにさがっていた。手を出すと少しなめた。なにかがこみあげるような気がして、思い切って抱き上げるとわずかに道路をひっかくようにしたが、しゃがんだ彼女の太腿《ふともも》と腕の内側で犬はあたたかく息をひそめていた。

今、自分の怪しい心臓の鼓動がこの犬に伝わっているのだ、そう熊井は思った。

「かばってやりたい」

他人の犬を抱きながら彼女は口に出して言った。そして、かばってもらいたいのは自分だったことに気づいた。犬の命をかばってやることは出来ても、自分の命は自分しかかばえない。自分が一番心配なのだ。

そのとき、

——I worry about you.

という声がした。確かに聞こえた。

通行人の声でも、TTの声でも、ミックやキースの声でもなかった。彼女は犬を抱いたまましばらく考えて、その声をギターの神様の声だと決めた。今日、帰ったらあの曲を聴こう。誰しも、かけられたい言葉を音楽に求めるときがある。

再検査に行ってやろう。指を伸ばして、犬をあやしながら彼女は思った。自分の心臓に病名をつけてやろう。たとえ恐ろしい病気でも、自分のものなのだから受け入れてやろう。治療をするかどうかはあとで決めたらいい。

「おまえ、案外太ってるなあ」

のんきそうな声を出してみても、犬はむしろ真意の方を知っている。不安そうに鼻を動かしている。しばらくそうしていて、バランスが崩れてきたので彼女は犬を下ろした。

「ご主人、探しに行くか」

リードを取ると犬はのろのろと歩き出した。二ヶ所でおしっこをして（それでやっと雌《めす》だとわかった）もっと遠くに行こうとするのを、

「違うんじゃないの」

リードを引くと、伝わったらしく、地面に鼻をつけて熱心に引っぱりはじめた。

犬がぴたりと脚を止めたのは、なんのことはない、彼女が飲んでいた店の裏の界隈《かいわい》のスナックだった。そこで「ご主人」は飲んでいた。白いシャツをだらしなく腕まくりした中年の「ご主人」は店から出てきたとき、ほとんど酔いつぶれる寸前のようだったが、

「おうおう、そういうわけか」と言った。

「じゃああれだ、兄さん、もう一軒いくか。いいとこ連れてってやろう」

挑むように彼女の目をのぞき込んできた。

「えっ」

「女の子のいる店だよ」

こんなに心配してやったのに犬は何もかも忘れてぱたぱたしっぽを振っている。この恩知らず。

「連れを待たしてますんで」

彼女はリードを飼い主に渡すと、回れ右をして歩き出し、くそばかやろうが、と、言った。

居酒屋に帰ろう。それが坂間だって、誰も待っていないよりはましだ。

青物横丁から品川へ、熊井は自転車を漕《こ》いだ。街の音が新鮮に頬《ほほ》にあたった。北品川を越えて、確かに心臓が鼓動しているのを感じた。

再検査はまず普通の心電図を、その後二段の階段昇降をして再び心電図を取り、念のためと言ってトレッドミルというベルトコンベアの上を歩いてまた心電図を取った。

熊井は、今はもうばからしいとは思っていなかった。ただ、神経質になって心拍数が上がっているのではないかと思った。

長い時間待合室で待って、ようやく名を呼ばれ、診察室に入った。

「これは異常っていうほどの異常じゃないですねえ」

若い医師はとってつけたような鷹揚《おうよう》な態度を見せた。熊井はしかし、そこに自分にはない性格の明るさを見るような気がした。

「見て下さい。ほら、ここです」

心電図なんて見たってわかるもんか、と思いながら医師の細く尖《とが》らせた鉛筆の先を追う。

「ここがね、この波がほら、落ちてるでしょう。ここが検診で引っかかったんです。でも負荷をかけても、こっちです。ここを見て」

もう一枚の心電図を見せられる。全然わからない。異常じゃないなら早く終わってほしい。消毒のにおいに鼻が慣れたら、あとでタバコがまずくなるような気がする。

「これはね」

医師は嬉しそうに言った。

「異常じゃなくて、あなたの心臓に固有なリズムのようなものですよ」

「固有なリズム……」

「くだいて言うと、癖みたいなもの。あなたの心臓の癖なんです」

顔を上げた彼女は口の端に笑みの兆しのようなものが浮かぶのを感じた。

それは、悪い結果ではなかった。彼女は誰も知らない自分だけのビートを手に入れた。

sympathy for the devil

シンパシー・フォー・ザ・デヴィル

恋をすると私はブスになる。だから私のブスは辰也《たつや》のせいでもある。なぜだかわからない。なんかモードが変わるから、としか言えない。食べ物おいしくなって太るし、吹き出物もできる。エッチばっかしてると寝不足で顔むくんじゃうし、なんか人相も油断してだらしなくなる。恋をするときれいになるとかよく雑誌に書いてあるけど嘘《うそ》だと思う。せいぜいわき毛とかビキニラインをきれいにするくらいじゃん？ 角栓《かくせん》取りのパックとか、新しいファンデとか、そのうちどうでもよくなってくる。新しい服とか勝負パンツなんて最初のうちだけ。もちろんほんとにきれいになる人もいるんだろうけど私はだめ。まあいいや、辰也はブスになった私と四年もつき合っている。もう別に美人でもブスでもどうでもいいって感じで。とっくの昔にお互い飽きてるんだけどそこはひとつ目をつぶってって感じで。

辰也だってぱっと見は悪くないんだけれど、中身はひどいもんだ。最近お腹《なか》も出てきてるし、手の形は醜いし、見えないところで毛深いし、元からくせっ毛なのが起き抜けはめちゃめちゃな頭になってるし、あと足も臭い。でもそのくらいは仕方ない。我慢する。諦《あきら》める。

四年もつき合えるってことは辰也と私は相性がいいのかもしれない。でも七割方惰《だ》性《せい》だ。二人で週末を過ごすと一日に五回くらい、あーもういーやって思う。言いたいことあったけどいーや、わかんないんだったらいーや、どうせ伝わんないしいーや。もうどーでもいーや。

いまだに結婚の話が出ないのは、辰也も悪いけれど私も悪い。お互いそれだけは「ひぃ、かんにん」て思うのだ、避けてまわっているのだ。確かに何かと不便だから一緒に住んだらどうだろうと思うことも時々あるけれど、結婚って、家族じゃん。家庭じゃん。辰也のことは好きだし、一緒にいるのは空気みたいに自然だけれど、家族になるなんて気持ち悪い。「私たちの家庭」だなんて、そんなの勘弁してよ。結婚した方が楽なこともいっぱいあるけれど、面倒くさいことの方が多いじゃん。苗字《みようじ》とか式とか親とか。どれを取っても「ひぃ、かんにん」って言いたくなるじゃん。

それになんか結婚すると仕事がしづらくなるような気がするんだよね。私の仕事というのは輸入車の広報なんだけど、一応それなりにがんばっているのだ。仕事だけが私の取り柄。で、独身でがんばってるのはしっくりくるんだけれど、結婚してるのにがんばってるってなんだか、痛々しいとか、ゆとりがないとか思ってしまう。偏見かもしれない。多分偏見だ。だって私は仕事を愛しているし、もしも万が一結婚したとしたってやめる気なんかさらさらない。郵便局員の辰也より私の方が多分稼いでいる。でも退職金は辰也の方がずっと多いんだろうな。民営化したって未来は明るいって兄貴が言っていた。別に元から民間の私たちは明るくないけど。そもそも退職金なんて、そんな先のこと考えても仕方ない。私たちがそのころ一緒にいるかどうかなんて全然わからないし。辰也の退職金なんかより、私の年金問題を兄貴になんとかしてほしいところだ。

だけどいまさらほかの人と出会ってつき合うなんて面倒くさいよねえ、と私たちはよく言う。辰也は心底そう思ってるみたいだけど、私は腹の底で、ほんとはわかんないよ？　と思う。一目惚れ《ひとめぼ》れとかって、実際あるもん、わかんないもん、女はまだまだこれからだもん。辰也を捨てて泣かれたりするのは面倒くさいけれど、ある日突然別の人が目の前に現れることが絶対ないとは言い切れない。そしたらまた恋に落ちてまたブスになるのか。これ以上ブスになるのはごめんだ。やだやだ、ブスはやだ。だったら辰也と現状維持でいいや。辰也と一緒にいるとき、そりゃときには、きゅわああ好きだなあって思うこともあるけれど、そんなの盆と正月くらいの話。別にやることもないからエッチでもする？　ってことの方が多い。今ので満足したの？　あっそう、んならよかったね、私はいまいちだったよ、みたいな。エッチの相性は悪くないけど、ただしつこいだけだなーと思って目だけつぶってるときもある。まあ、いつもイキまくりって方がおかしーよね。

自分のことを好き好きって思わないのと一緒で、辰也のこともふつう。自然。当たり前。日常。でも日常を奪われたら私は困る。居場所がなくなってしまう。そうだ、辰也は私のオフタイムの居場所なのだ。単なる居場所。わざわざありがたがらないけど、本当はとても大事なのだ。

うーん、ほんとかなあ。うーん。うーん。

嘘ですごめんなさい。

最近、変わってきたのは友達のあり方だ。だんだん友達と会わなくなった。会ってもちょっとお酒飲んで、なんとなく話をするってくらいで、面白いけどそれだけでもういい、それで十分疲れる。終電まで粘《ねば》んなくても十時くらいでたくさん。

私の一番の友達は美佳《みか》とこずえなんだけど、なんていうか、女の友情ってイコール共感だと思う。だよねー、思う思う、とか、えーやっぱりそう？　私もー、とか。でも女って住んでる環境でがらっと世界が変わってしまう。同僚だった美佳が子育てと家事以外なんにも興味がなくなってしまうなんて数年前には考えたこともなかった。あとダイエットとエコ？　広告代理店のこずえがマンション買った途端に仕事以外はヒキコモリになってしまったのもショックだった。休日は家でずーっとゲームかネットだって。信じられない。

それに比べたら男友達の方がずっと楽ではあるけど、ふとしたはずみで、私はあんたの浮気相手じゃないんだからね、と念を押したくなってしまう。私が過敏なのだと思うけど、全部が全部許し合えるってわけじゃない、やっぱり異性だから。

昔は旅行に行ったりキャンプに行ったり、家で朝まで喋《しゃべ》ったり、いろんなことを一緒に経験するのが友達だと思っていたけど、今はそんなことない。ていうか無理。三ヶ月か四ヶ月に一度、ご飯を食べれば十分だし、メールだって用もないのにしたりしない。よっぽど落ち込んでるとか、よっぽど暇だとか、辰也にドタキャンくらったとか、そういうときだけ。友達に話さないことも増えた。例えば仕事のこととか。話したって仕方ないもん。なんでも喋るのが友達なんじゃないんだって思う。ただ、一緒にいたら気分がニュートラルになるのがいいな。友達ってほんと、そんなもの。人間、だんだん孤独になっていくものなのか。しみじみ。

車の仕事をしてるくらいだから私は車が好きで、変な車を持っている。フィアット・ムルティプラの初代。初代って言っても古い車じゃない、03年製。車というよりもナポレオンフィッシュに似てる、似てるというかそのもの。英国のジャーナリストから「世界一醜い車」と認定された。そんなの勲章じゃん。言って言ってもっと言って。色はブラック。無難な色のはずなのにすごく目立つ。辰也もなんか好きじゃないっぽい。まあそれもわからないではない。私もなんでこんな車買っちゃったかよくわかんないもん。なんかたまたま、ピンときちゃった。世界一かわいく思えるかもしれないって思っちゃった。辰也にどうのこうの言われる筋合いはない。ムルティプラも辰也もなれ初めは間違いのピンだったかもしれないのだ。もっとふつうの、VW《フォルクスワーゲン》ポロとかに乗ってた方が、受けはよかったかもしれない。実際、同僚とかにも泣きたいほどバカにされる。でもそれが快感だったりもする。変な車に乗ってるいい女っていいじゃん。実際いい車だよ。三人掛けの二列シート、六人乗り。どっちみち一人か二人でしか乗らないけど。広くて快適だし、しっかり走るし、なにより楽しい。ニューパンダなんかよりずっと楽しいんだから。もちろん荷物もドカドカいけます。昔からドライブは大好きなんだけれど、最近は人に気を遣うのが面倒くさくて一人でぱっと出かけることが多い。それも、どっかに行くというより、適当に走って帰ってくる。犬を散歩させてやるみたいな。車を満足させてやるために、高速とか走って、清水《しみず》とか御殿場《ごてんば》とかで下りてそのまま引き返してくる。観光なんて絶対にしない。下でご飯食べたりもしない。残りものをお弁当にして持っていってパーキングエリアで食べることはある。一人でお弁当なんて変なの、と思うけど、思いつきで動いているのだから仕方ない。家で惣菜《そうざい》腐らせても仕方ないしね。辰也があんまりドライブ好きじゃないことは、実は最近わかった。ずっと私に合わせてくれていたのだ。そんなこと早く言ったらいいのに。別に私は一人でも全然平気だし。

それで、最近私がすっごく仲良くしてるのが、兄嫁なのだ。義理のお姉さん。大人の女。お義姉《ねえ》さんって、なんか慣れなくて、すごくこそばゆいような、照れ臭いような感じだ。義理の姉妹って、不思議。義理って言ってもあんまり義理ないし。家族って言っても両方とも親と離れて住んでるから生臭い感じもないし、友達とは絶対に違うし、でも他人ってわけでもない。もちろんつき合わなくたっていいんだけれど、私と兄嫁は気が合う。合わせてもらってるのかもしれないけれど、私はお義姉さんのことが大好き。よくもまあ、あんなふつつか者の兄貴なんかを拾ってくれたものだと思う。奇特な人である。

兄貴とは特に仲良くも仲悪くもない。でも子供の頃にぶん殴られた記憶がまだ消えてない。子供の頃の七歳違いって言ったら幼稚園と中学生だもの。遊んでもらおうと思って、兄貴の部屋に入っていってふとごみ箱を見て、

お兄ちゃん、なんでこんなに洟《はな》かむの？

と言った。ティッシュが山盛りに入っていたのだ。それでぶん殴られた。兄貴から殴られたのはそれ一回だけど、私はそのあと十年くらい、弟のごみ箱がティッシュで一杯になるまで意味がわからなかった。今思うと笑っちゃう、でも怖さは大人になっても消えない。今でもまだ、いつわけわかんないことで発狂して暴れ出すかわからない中年男だと思ってる。気をつけてる。

今の兄貴は口を開けば仕事の話ばかり。参議院議員の秘書をやっているんだけどふつうに考えて秘書って秘密だらけなんじゃん？　でも兄貴はなんでもかんでも喋る。議員のプライベート話から国会の話、法案の話、選挙の話、派閥の話に外交の話。全然面白くない。けど黙って聞いてるとやばそうな話がいっぱいある。こんなぺらぺら

喋る男を秘書にする議員って、ぼんくらなんじゃないの。辰也がもしも新聞記者で、私がいちいち喋ってたらすごい面白いことになってたかも。私は兄貴の話を聞くことはあっても、兄貴と喋ったという感じは全然しない。誰も口をはさめない。おかげで私は辰也の話を実家でしなくて済むのだ。親はほんとは私の恋話《コイバナ》も聞きたいんだろうけど、兄貴が実家にいる間じゅう喋り続けているから、いい弾よけになってる。あんまりうるさいから、兄貴がトイレに行くと、父も母もほっとして、安らかな沈黙が訪れる。母はふつうの田舎《いなか》のおばちゃんだからまあそこそこ喋るけれど、父はどっちかって言えば寡黙な人だ。大阪に住んでる弟なんか、何も喋らない。一言も。なにゆえ兄貴だけあんなに突出して喋るのか。とにかくわが家はそんな感じ。まあ、わりと平和ではある。私もちゃんと父の日とか母の日とか誕生日とかするし、盆暮れはみんなで福島の実家に集まる。

お喋りということ以外では、兄貴はまあふつうの人だとは思うんだけれど、ずっと結婚はしなかった。彼女もいないくさくて、こりゃだめだ、仕事と結婚しちゃったんだ、と思ってた。そうやってみんなが諦めた頃に突然フィアンセを連れて実家に来るというので、私も興味津々で実家に帰った。それが今のお義姉さんだった。兄貴よりずっと優秀。だってずっと外国で働いてたんだもの。NGOの職員をしてたんだって。それでナイジェリアに行ったり、バングラデシュに行ったり、エチオピアに行ったりしてたの。でも、今は帰ってきて日本でNGO本部の職員になった。なんかかっこいい。

もともと二人は、日本にいたときになんかのサークルつながりで軽くつき合っていたらしい。でも、離れ離れになってそのまんま連絡もしなかったのが、このたび彼女が戻ってきた。それでまたつき合いはじめて、あっさり結婚することになった。フィアンセが兄貴に輪をかけたお喋りだったらどうしよう、と心配していたら、とても静かな人だった。兄貴が喋り続けているから挨拶《あいさつ》くらいしかできなかったけれど、なんか面白そうな人に見えた。だから私はフィアンセにメルアドを教えた。

フィアンセは麻子《あさこ》さんと言った。兄貴と同い年で、もう今更結婚式でもなかろうってことで、両家族だけでフレンチを食べることになった。ああほんとだったら辰也も招かれるのにかわいそう、なんてちょっと思ったけれど公認を取り付けてないから仕方ない。とにかく行ったわけです。わざわざ会津《あいづ》のホテルに。私はせっかちだからいつも早く着いてしまう。でもまあホテルだしいいやと思って、二十分前にレストランに行った。そしたらウェイターが、申し訳ありませんが津山《つやま》様ではご予約が入っておりませんが、なんて言うの。えぇーおかしいよ、そんなはずないって予約帳を無理やり見せてもらった、あった。嫁の旧姓。飲み会の幹事じゃないんだからさ、別に津山だけで入れる必要はないけど、せめて連名にしてよと思った。それも、旧姓が鴨志田《かもしだ》という珍しい苗字だったからわかったけど、あれが佐藤とか鈴木だったら私はわかんなくてとぼとぼ帰ってたよ。大体、みんな来るの遅すぎだし。ウチの親と弟が五分遅れ、兄貴が十分遅れ、向こうの親兄弟が二十分遅れ、一番遅かったの兄嫁、二十五分遅れ。しかもみんな全然普段着。ドレス着てきたの私だけ。麻子さんもさっぱりしたアンサンブルニットと細身のパンツ。兄貴ジーンズ。私って何者？　って雰囲気。

だらしない兄貴は新居に引越をしたはずなのに、独身時代のマンションの方にまだぐずぐずと居座っていたので、中途半端に身の回りのものとかゴミとかが残ってしまった。それを私に運んでくれと言う。しょうがないなあって車を出した。兄貴はペーパードライバーなのだ。運転もできなくてよくもまあ秘書が務まるものだ。よくもまあこの私の兄が務まるものだ。嘆かわしいと思いながらムルティプラを兄貴のマンションの前につけたら、なんだこのふざけた車は、と言われた。むっとしたけどどうせ兄貴にモノの価値なんてわかりゃしない。

玄関にあったダンボールをいくつか車に運び込んで、走り出してから、麻子さんは免許ないの？　と聞いたら、
あるよ、と言う。砂漠でジープとかに乗ってたんだから当たり前だろ。

じゃあなんで私が車出すのよ。

だってあいつ今ハワイだからさ。

ええっ、なんで新婚早々ハワイ？

家族旅行だよ。毎年恒例で、家族全員揃《そろ》って行くらしい。おまえもうちょっとスピード落とせよ。

まじで？　だって新婚旅行は行ったの？

行かないよ、ハワイ行ってその上どこかに行く余裕なんてないだろ。俺《おれ》だって予算審議控えてそんな遊んでる暇はないよ。

新婚旅行すっぽかして家族旅行って非常識っぽくないか、と思ったが小姑《こじゅうと》みたいでみっともないので黙った。私が黙った途端、兄貴はいつも通り、国会について熱く語り出した。あーうざい。兄貴も変だけど、嫁もおかしい。変なカップル。

それ以来、兄嫁がどんなに変かを注意深く観察しようと思ったのだが、変だったのはそれだけだった。というか、兄貴と兄嫁は実にさらさらと、お互い勝手に海外行ったりして快適そうに暮らしていたのだ。正月とかに実家で会ってもいい感じで、兄貴の飲みすぎを麻子さんがやんわりとたしなめたりするのも、ああ妻ってこんな感じって感じだったのだ、と納得してしまう。最初のあの変な印象は私の思い込みだったみたい。

麻子さんは車をほしがっていた。アルファのワゴンなんか勧めてみたいなと思ったけど、あんまりお金や手間をかけたくないって言うから下取り車の極上インプレッサを世話してあげた。それ以来、私と麻子さんはメールでいろんな話をするようになった。私はじきに甘えるようになって、愚痴ったり、辰也のことも話したりするようになった。

そう、辰也の話だ。私は今、猛烈に腹を立てている。くだらないことだ。くだらないから誰にも言えなくて、もう友達なんかみんなに辰也を紹介しちゃってるから、それって一種の惚気《のろけ》だよね、みたいなことを言われるのは明白で、全然違うんだけど言えない。

昨日今日の話じゃないのだ、辰也がメールの返事をしないのは、ずうっと、ずうっとそうなのだ。いや、最初の一年くらいは違ったかもしれない、自分から今日あったこととか、別になんの用事もなくても電話してくれたこともあったと思う。でももうそんなの遠い昔だ。いつも、私がメールして、メールの返事をもらう代わりに自分から電話して、要するに二度手間なのだ。通信費だって二倍。辰也は電話を嫌がっているわけではない、メールがうっとうしいわけでもない。ただ単に元からどうしようもなく無精で、その上手抜きをしているのだ。それがむかつく。何をいまさらって感じだけど、努力ゼロってやっぱりどうよ、問題じゃない。あと、最初の頃とかは、ご飯作ってあげたら喜んだり、一緒に飲みに行ってもにこにこしてたんだけど、今は何食べたいってきいても、なんでもいいって。おいしい？　て聞けば、ああ、とか、おいしい、とか言うけど全然表情で報いてくれないの。いつも私が全部決めて、私が後片づけも全部して。養ってくれてるわけでもないのに辰也はなんにもしない。ずっと耐えてきたけれど今や不満が積もり積もって私は怒りの雪だるまなのだ。こんなの、オトコだからまだちょっとだけは許しているんであって、友達だったら絶対縁切ってる。まじで。

しかも、ここんとこほんとうに仕事で嫌な思い連発で、なんか自動車雑誌の若造とか超生意気だったり、すごいがんばって売り込んでた車があっという間にフルモデルチェンジになったり、もう最低なのだ。それを、辰也に電話で言ったのだ。ねえちょっと聞いてよひどいんだからって。

そんなの別に大したことないじゃん。

と辰也は言った。なにそれ。くそむかつく。

あるよそういうことってどんな仕事でも。あのさ、俺、風呂《ふろ》入るから、また、明日か明後日《あさって》ね。

風呂から出てから折り返せばいいじゃん。明日だって明後日だって自分から電話なんて絶対に、絶対にしてこないくせに。

くだらないのはわかってるんだけど私は切れた。すると辰也は、

今ひょっとして生理だろ。

と言った。確かに生理だったけど、そんなの関係ないし、そういうこと言われるのはすごい、やだ。勝手に人の周期勘定しないでよ。生理なんて自分でも気持ち悪いのに人から言われるなんて最低。男に言われると不浄って感じが強くする。辰也には私のことなんでもわかっていてほしいと思ったこともあったけれど、そんなことまでわからなくてもよろしい。

もういいよ、来週会わないから。

私は言い放った。心が弱くてつい、「来週」とつけてしまった。辰也は、

あっそう。じゃあまた機嫌よくなったら電話して。

と言った。あんたが手抜きしてるからむかついてんじゃん。もういい、来週も再来週も会ってやらない。悔い改めよ、辰也。

でも、会わないと暇だなあ。一日はドライブしたけど、あとの一日は掃除洗濯して洗車して、買い物行ってご飯作って紅茶飲みながらDVD見て、それでもめちゃくちゃ時間余っててなんかさびしい主婦みたいになってしまう。辰也とは関係なくさびしかった。自分に何もないことが。もっと面白いことが。もっと情熱が。何もかも忘れて夢中になれる趣味とかが。

でも、来週も絶対会ってやらない。辰也が、ごめんなさいを言うまで会ってやらない。言うかなあ。辰也にはちょっと鈍いところがある。こんこんと説明してやらないとわからないところがある。黙ってたって女の気持ちなんてわからないのだ。まあ、男だから全部わかるほうが気持ち悪いけど。とりあえず放置。自分だけがさびしいのは絶対いや。辰也がさびしいって言ったら勘弁してやる。

一週間過ぎた。私はメールも電話もしなかった。だって悪いのは私じゃないもの。でもきっと辰也は、あー忙しいのかなあ、くらいにしか思ってない。俺ってこのままじゃひょっとして捨てられるのか？　なんて絶対思わない。でもそう思わせたいのだ。やばいと思って焦って電話してきてほしいのだ。

別れようなんて思っていない。ただ謝ってほしいだけ、これからは手抜きしませんと言ってほしいだけ。たとえ、その努力が一ヶ月しか続かないものであっても許すよ。

次の週末も淡々と、何もかもが昼の三時くらいに終わってしまって、私は夜を待つだけ。夜になってひとり酒なろくでなしの週末になってしまった。来週、ペットショップに行って犬でも買おうかなとまじで思ったり。でもちゃんと面倒見れるのかな、辰也んちに行くときにわんこがさびしい思いしたらかわいそう、とか。でももしこれが原因で別れたら飼おう。うん。別れるかも。

日曜の夜、吟醸酒《ぎんじょうしゅ》がちょっと回った頃に麻子さんに電話をした。

どうしたの？

麻子さん、土日で暇なときってありますか？

今まで麻子さんとどこか行ったことはない。二人きりで会ったことだってないのだ。だって、義理の姉妹がそんなことするのも変じゃん。兄貴そっちのけっていうのも。でも私は兄貴と仲いいわけじゃないから、三人でなんて考えられない。

でも、麻子さんはすぐわかってくれた。

いいねえ、二人でどっかいこうか。

もうその一言だけで、私は麻子さんにしがみつきたいくらいだった。麻子さん大好きだと思った。

行きたいですう。

行こう行こう。貴子《たかこ》ちゃん温泉好き?

歌うように麻子さんは言った。

好き好き。温泉行きましょう。

来週? その次がいい? いつでもいいよー。

えー嬉《うれ》しい、ほんとにいいんですか。

貴子ちゃんの変な車で行こうよ。政男《まさお》さんから聞いて、乗ってみたいと思ってたの。

兄貴ほっといて大丈夫ですか?

いつものことだから。

麻子さんは笑った。

でも日帰りがいいですよね。

えーなんで、泊まりにしようよ。私もそしたらご飯作らなくて済むもん。

兄貴怒りません？

あの人、けっこう一人で器用にご飯作って食べるのよ。

えええ、知らなかった。なんかやだ。兄貴の作ったものなんて、なんかくさそう。

かわいい車じゃない。

麻子さんは言った。ほらみろ兄貴、わかる人にはわかるのだ。

カエルみたい。

うっ。そう来たか。

麻子さんはシンプルな白シャツを着ていた。兄貴はチビだけれど麻子さんは背が高くてスリムで脚がすごく長い。ブーツがめちゃくちゃきまる。顔は、最初は地味だなーと思ったけど、たまになんていうの？ 謎《なぞ》めいた微笑？ みたいのをすることに気づいてから、ああ兄貴はこの微笑に惚れちゃったのだ、と思った。でも兄貴と麻子さんがエッチしてるところなんてちょっと思い浮かばない。ていうか考えたくない。できたらあんまりしないでほしい。そんなの私のワガママだけど考えるだけなら勝手だ。

私は車の中で愚痴ったりはしなかった。「Love You Live」をかけた。私が洋楽を聴くようになったのは兄貴の影響もあるから麻子さんもこういうのが好きかなと思ったのだ。

最近おもしろい本、読んだ?

麻子さんが言った。

えーと。

ほんとは舞城《まいじよう》王太郎《おうたろう》だったけど、

中上健次《なかがみけんじ》。

と言った。

へえ、何読んだの?

『枯木灘《かれきなだ》』です。

読んだは読んだけど、突っ込まれると厳しくなりそうだったのであわてて、麻子さんは? と聞くと、言った。

『超ひも理論とはなにか』。

え？　超ひも？　ひもって何ですか？

すると、麻子さんは楽しそうに言った。

物質とか宇宙とかの関係の本。だけどやさしく書いてあるの。26次元と10次元にひもがあってね。Dブレーンっていう熱くてネバネバした面にくっついたり離れたりしてるの。これでアインシュタイン以降の相対論と量子論が全部説明できるんだって。

私もちょっとしかわからない。でもすごいよね。

私には何が何だかさっぱりわからない。そんなものを面白がる麻子さんが私には面白い。


牛遊びしない？

なんですか、それ。

形容詞プラス牛。

えー、楽しい牛とかですか。

そうそう、いかがわしい牛。

悩ましい牛。

おびただしい牛。

小汚い牛。

おどろおどろしい牛。

輝かしい牛。

せちがらい牛。

思ったよりずっとその遊びは楽しくて、長く続いた。単調だけど、シーソーをしているみたい。いろんな牛が私の心に遊びに来て、いろんな顔をして去っていく。想像できない顔の牛が面白い。

やがて私たちは熱海《あたみ》の、小さな旅館に着いた。古びているけれど木の廊下とかがぴかぴかに磨き上げられた旅館は、女二人の隠れ家としてはいい線いってると思った。

部屋でお茶飲んでお煎餅《せんべい》を食べたら早速風呂だ。浴衣《ゆかた》とタオルと洗顔料とシャンプーと化粧水をいそいそと用意する。

お風呂は小さかったけれど、黒い石造りでいい感じ。天井と壁は木でできている。なにより、温泉ってお湯と桶《おけ》の音がいいよね。

ひとつおいて隣で麻子さんが体を洗っている。他人だったら平気だけど、身内ってちょっと恥ずかしい。もう裸が恥ずかしい年でもないのに。

お湯を浴びながらちらっと麻子さんの体を見ると、左の脇腹《わきばら》から背中にかけて、刺《い》青《ずみ》があったのでびっくりした。最初コウモリかなと思ったら悪魔だった。うわー。私たちの年だったらともかく七つも上でタトゥーって半端じゃない。しかもこの大きさ、痛かっただろーなあ。見ただけで痛そう。麻子さんて元ヤンキー？　それとも元チンピラの情婦？　なんか、兄貴の奥さんなんかに納まってる器じゃないじゃん。兄貴も最初、びびったんだろうなあ。意外すぎる。

私の視線に気づいた麻子さんは、あの、謎めいた「にやり」を浮かべて、
若気の至り。

と一言だけ言った。

お風呂のせいでその声はいつもの声と違って響いた。

部屋でお刺身とか、魚介がちなご飯を食べて、浴衣の裾《すそ》崩してちょっとお酒なんか飲んで、さああとは寝るだけってときに麻子さんが、
彼氏とうまくいってる？　と言った。

んー、別にケンカとかしたわけじゃないんですけど、私が勝手にイライラしちゃっ

てる感じなんです。

どうしてイライラするのかなあ？

いやすごくくだらないことなんです。無精なんですよ。なんか、メールの返事とかくれないし、私が電話しなかったら全然電話とかくれないし。なんで私ばっかかとか思っちゃって。でもこんなこと人に言うことじゃないですよね。すみません。

ああ、麻子さんにはこんなに素直になれる私なのだ。麻子さんは、

言ってすっきりするならなんでも言ったらいいよー。

と言った。

なんかそんな役割決めたわけでもないのに、なんで手抜きされるんだろうって。つき合いはじめのすごく好きなときだったら我慢できるけれど、なんかいつも私が尽くしてばっかかってつらいです。もうそんな好きって感じでもないのに。

違うと思うなー。それって彼のことすごく好きなんだよ。だって、そんなに好きじゃなかったら連絡とかも待たないもの。

うーん、そうなんですか。なんか負けてる感じがくやしいんです。いつからそんな役割分担になったのーって。なんかすごい不公平じゃないですか。あー、こんなこと全部人に言ったの初めてです。

役割かあ、と麻子さんは言った。

あのね、変な話だけどいい？

と言ってくすっと笑った。

私の知ってる子で、ＳＭのＭの男の子がいるの。それで話聞いたことあるんだけど。

うわ面白そう。知らない世界だー。

ＳＭって完全に分業じゃない。ＳがいじめてＭが喜んでって。でも、Ｓって頭使って大変らしいのね。どうしたらＭが飽きないでずっと感じてられるのかとか、叩《たた》いたり踏んだりしながらすっごい考えてるらしいのよ。私の知り合いのＭ男君は頭のいい子だから、いじめられながら、それが見えちゃうんだって。ああ今日はつらそうだなあ、女王様は本当はだらだらしたいのに、一生懸命ボクのことをいじめてくれてるんだなあって思うんだって。そうすると余計女王様のことが好きになって尊敬しちゃうんだって。ほんとだったらボク今日は何もなしでいいよって言って抱きしめてあげたいところなんだけれど、そんなことしたら二人の関係がわけわかんなくなるじゃない。だからＭ男君は絶対そうは言わなくて、そのかわり、いつもより余計に感じてあげるんだって。感じるのがＭの役割で、自分ばっかいい思いしてごめんなさいっていつも思ってるんだって。おもしろいよね。

そんなに相手のことわかっててもSMなんてできるもんなんですかねえ? みたいよ。だからきっと女王様の方も、ああ疲れてる私が見抜かれている、とか思いながらケツムチくれてるんじゃないの?

それって。

確信がカツン、ときた。

目に浮かんだのは麻子さんの女王様姿だった。黒の革のブラとパンツ、ガーターストッキングにピンヒール。左の脇腹に悪魔。似合いすぎる。すてきすぎる。

ってことは暴力中年の兄貴がM男君? M男って政男? それっておかしすぎる。バカすぎる。目の前で笑うと失礼だと思ったから、もう一度ひとりでお風呂に行って誰もいない浴槽の中でげらげら笑った。

moonlight mile
ムーンライト・マイル

いたいいたいいたいいたいいたいいたい

一体どこへ向かっているのか。遠井《とおい》は自問する。川越《かわごえ》から関越道《かんえつどう》に乗った。道順は頭に入っているのに現実感がない。外の空気は冷たいが、窓についていた霜はとっくに溶け去った。タイヤが着実に路面をとらえ、全てを彼の後ろへと送り去る。前にすすむというのはそういうことだ。時速百三十キロ、スピードメーターの針は二ミリとぶれない。寝不足だが、体力は充実している。

いたいいたいいたいいたいいたいいたい

その声を彼は知っている。

昨夜遅く、ホットメールを見たのだった。「お願い（神原《かんばら》美雪《みゆき》より）」というタイトルだった。そのアドレスに来るということは、自分のサイトを見ているということだ。

それ以外に考えられない。

しかし一体どうやって探し出したのだろう。あんな、特徴のないサイトを。気まぐれにつける、ペットのカメの観察日記。どうして俺《おれ》だとわかったのだろう。誰か学生時代の友達に教えたっけ。彼女はそれについては書いていなかった。

「遠井君

ご無沙汰《ぶさた》しています。神原美雪です。

二年前から悪性リンパ腫《しゅ》にかかっていて、先月一度退院したのですが、今月、再々発しました。今は土浦《つちうら》の病院に入院しています。遠井君に会いに来て欲しいのです。来てくれますか。病院の地図、添付します」

遠井が、神原美雪の名前を忘れるわけがない。彼女は大学時代、同じクラスにいた。美人ではなかった。牛に似ていた。笑う牛《ラ・ヴァッシュ・キ・リ》のチーズのパッケージに描いてある赤い牛にそっくりだ。誰にも言ったことはなかったが彼はそう思っていた。頭はむちゃくちゃ良かった。博士課程まで進んだ。彼はいつも彼女にノートを借りていた。服装はダサかった。ノートを返しに家に遊びに行くと、とっくりのセーターの上に半纏《はんてん》を着ていた。そして牛のような声で自分のことを「オレ」と言った。もてるわけがなかった。

しかし遠井は彼女にふられた。

思いもよらぬ内容に彼は動揺した。悪性リンパ腫についてネットで調べ、文献をダウンロードして読み、再発、再々発という言葉の意味を考えた。部屋のエアコンが壊れていたので、彼はその殆《ほと》んどを寝床の中で行った。全く彼は、その事態に対応できなかった。できるわけがない。頭の芯《しん》が痛くなるほど考え、その夜は眠れなかった。翌朝早く、電気ストーブの前で小さくなりながら、彼はメールの最後に書かれた携帯の番号に電話して、久しぶり、と言った。

「ああ」

調子が悪いのか、照れているのかわからない。美雪の声は思っていたよりももっと低かった。

「……あのメール、ほんと？」

思わず言葉を選んだ。

「なんでオレが嘘《うそ》のメール書かなきゃいけないんだよ」

美雪の声は震えていた。美雪には、なんというか、横風に弱いようなところがある。

強情さの裏に、尋常でないほどの傷つきやすさがある。彼はそれをよく覚えていた。飲んだ席で、友人から容姿のことを言われて涙ぐんでいた姿を。

「そりゃ、そうだ」

でもあまりに突然だったから、病気だなんて、それも重い病気だなんて考えたこともなかったから。そうは言えなかった。

「来てくれるか？」

美雪は言った。乱暴だが、あのときと同じように切羽詰まった口調だった。

「会えるの？」

「だから来いってば、オレもう壊れてんだよ」

泣くのか笑うのか迷っているような声だった。

「わかった」

彼は言った。会うのは、これが最後になるかもしれないという思いがあった。

「この病院、深夜でも大丈夫だから」

「今から行くよ」

だって今日仕事だろう、遠井は思う。しかしすぐに休むことにする。どうせ俺の仕事は汚い仕事だ。働きたい日なんて一日もないのだ。メールに添付された地図をプリントアウトしながら携帯に手を伸ばす。

おはようございます。あの、すみません、弟が入院しちゃって、ちょっと病院に行かなくちゃいけないんで、ええ、今日は休暇下さい。はあ、ちょっと……まあでも仕方ないです。すみません迷惑かけます。はい、あ、はい。失礼します。

喋《しゃべ》っているのは自分なのに他人の声のように聞こえる。手続きはこんなに簡単だ。弟が病気になろうが死のうが、遠井は顔も出さないだろう。実家に呼ばれたとしても行かないだろう。代わりに他人を見舞って何が悪い。

しかし、見舞うほどの他人なのか。

二年ぶりだ。会うのは。

遠井は外に出て、車のエンジンをかけてからもう一度部屋に戻る。読みかけの本を持って出てくる。車に乗り込み、財布を開け、一万円札と小銭を確認する。関越道、外環道《がいかんどう》、常磐道《じょうばんどう》——今更ながらETCにしておかなかったことが悔やまれる。往復の高速代はなんとか足りるだろう。帰りにコンビニで金をおろした方がいいだろうけれど。なんのために要るかと言えば、それは香典であり、こんな赤い車で葬式に行っていいのかと遠井は思う。思ってしまった自分を恥じる。

いたいいたいいたいいたいいたい
どうして今からその声を想像してしまうのかわからない。

彼女が昔からそうであるように、彼にもおそろしく冷静な部分がある。澄んだ冷たい水の中に肩までつかってしゃがんでいるようだ。

なんで俺が。

なんでいまさら俺が。

追い越し車線に出るために加速をかけながら遠井は思う。

抗がん剤を使っているってことは髪の毛がないんだろうか。髪の毛のない彼女のことは想像がつかない。髪の毛だけじゃない、まつげも、まゆげもないのか。卵に目鼻って感じなのか。マネキンみたいなものか。マネキンってまつげあったっけ。気持ち悪いとは思わない。会ってみたら、不思議な感じはするかもしれない。

外環道はすいていたが、あまりにも道は単調だ。東向きに走っていると朝日がまともに目に入り、前を行く車が灰色に反転して見える。灰色の車たちを追い越しながら、平日にカマロなんかで走ってると目立つな、と彼は思う。けれども、あてどなく走っているわけではない。人に求められて目的地に向かう自分がいる。自尊心が小さく高揚するのを感じた。

土浦は近づいてこない。もう何キロ走ったんだ、まだ六十くらいか。

本当に彼女はまだ生きているのだろうか。遠井は思う。

なんて不謹慎な。生きているから電話できたんじゃないか。

でも、本当にあれは生きた彼女だったのか。

もしも彼女がぴんぴんしていたら、一体なんでそんなことを言われたのかわからなくなって困惑してしまうだろう。彼女の不幸を望んでいるわけではない、どう会っていいか考えつかないだけだ。不幸に臨む自分と彼女のことがわからないだけだ。わからないのだ。彼は大病を患ったことがない。


ふられたのは遠井の方だ。遠井としては、あのときできる限り彼女を大切に扱ったつもりだった。

彼が帰るときになって美雪が、

「おまえいいやつだな」と言った。

「わりとな」

彼は答えた。完全に気を許していた。

「でもオレ、つき合うつもりないから」

遠井は驚き、そして呆《あき》れた。

就職して三年目の年、取材で中野まで来た彼は会社には直帰と言って、アーケードをうろついた。美雪を探していたわけではなかったが、本当に探していなかったかと言えば嘘になる。だから、二軒目の喫茶店で美雪が本を読んでいるのを見つけたとき、嬉《うれ》しさよりも自分のふるまいの愚かしさの方を強く感じた。美雪が、こんな偶然ってあるんだね、と言い、博士課程にすすんだ自分の近況を事細かに話すので、余計気後れがした。ウチでご飯食べていきな、と誘ったのは美雪だった。そういうことは学生時代にもあった。本棚が一つ増えたほかは変わったところもない質素な部屋に上がり込み、彩りはよくないが丁寧に作られた惣菜《そうざい》を食べ、酒も飲んで落ち着いたとき美雪はしたい、と言ったのだ。

「オレ、誰とも寝たことないんだ」

美雪は二十五歳だった。この年で処女かよ、と遠井は心の中で思ったが、彼女の肉体に対する嫌悪感はなかった。なぜ自分か、という疑問はあまり湧《わ》かなかった。自分のことをずっと好きだったんだろうと素直に思った。面倒でもあったし、ためらいもあったが、それは克服できると思った。

「てか、おまえ、オレなんて言うのよせよ」

「だって」

「方言だかなんだか知らないけどさ、『私』とか『あたし』とか言えよ、女なんだから」

「だってよう」

美雪は視線をそらした。

「だって何だよ」

「恥ずかしいもの」

そう言うと、床に正座した。自分のペースを失って、どうしていいかわからない彼女の様子がいじらしく思えた。

常磐道に入る。加速しながら彼は苦笑いする。

いざってとき、男は頼りになんねえんだよ。美雪はいつか言っていた。けれど今、遠井は呼び出されている。

俺は便利屋か。

昼前には土浦に着いた。病院は桜土浦《さくらつちうら》インターから市役所へ向かう途中にあった。彼は広大な駐車場の一番奥に車を停《と》めた。どう考えてもここを使う人のなかで自分が一番元気なはずだった。それに車が派手すぎた。時折北風が吹きつける中、駐車場を横切って彼は病院に入った。

ナースステーションで部屋を確認し、個室のドアをノックすると母親が出た。名前を言うとすぐに通された。

暖かい病室で、美雪は淡いオレンジ色のパジャマを着て、ベッドの背の部分を起こして座っていた。頭にはニットのキャップをかぶっていた。確かに、昔よりは痩《や》せていた。彼の顔を見るとにっと笑った。笑う牛《ラ・ヴァッシュ・キ・リ》。なんだか拍子抜けするようだった。

「外は寒いよ」と彼が言うと、

「そりゃあ、冬だもの」

と、返された。全く変わってないな、と思った。

ベッドサイドにはパソコンが置いてあった。それから、コップとかタオルとかティッシュとか耳かきとか、細々したものが並んでいた。

母親は牛というよりも鹿に似ていた。父親は色白で、顔の表情がどことなくシュウマイに似ていた。しかしここでお父さんはシュウマイに似ていますね、などと言ったらどうなることだろう。

遠井が見舞いの言葉を選ぼうとしているうちに、彼女が話し始めた。最近の調子のこと。毎日違う症状が出て不安なこと。疼痛《とうつう》、骨盤の中を微小生物が走るような不快な感触、嘔吐《おうと》、発熱、そして入院してから片時も離れない血管痛。

血管痛というのは初めて聞く言葉だった。どんな痛みなのか、全身を針で刺されるような感じなのか。チクチクするのか、ずきずきするのか。美雪は、腕に触られるだけで飛び上がりそうになると言った。

「もう二日寝てないんだ」

「眠いだろ」

「眠いけど寝れないんだ」

「今は熱ないの？」

「七度五分」

「微熱だね」

「言われてるのはさ、モルヒネ使った緩和療法と、骨髄移植とどっちか選べって。そんなの選べって言われても困るんだけど、どうせ苦しんで死ぬなら、早く死ねる確率が高いのは移植だから、そっちがいいかなと思ってる」

なんでそんなこと言うんだよ。そう言う資格は彼にはない。どんな苦痛に彼女が耐えているのか、想像もつかないからだ。

「モルヒネとか使ってるの？」

「使ってるけど嘔吐するからだめだ。だから緩和にも期待してない」

「そんなに副作用ってひどいんだ」

「副作用だらけだよ。抗がん剤も何もかも」

彼女はもううんざり、といった顔をした。彼にもうんざりが伝わってくる。

「あ、そういえばまつげあるな。まゆげも」

「頭はまだあんまり生えてないんだけど、必要性が大きいとこから生えてくるんだよね」

「抗がん剤使ってても髪って生えてくるの？」

「何度も脱けて、何度も生えるよ。細かい毛が脱けるとちくちくしてやなんだ」

母親が、私たちちょっと食事してきていいかしら、と言った。どうぞ、ごゆっくり。僕いますから、と遠井は言った。

「なあ、気力も大事だぜ。体力は気力で支えられてるとこもあるんだからさ。寝ないと神経が、体以上に弱るよ。無理してでも眠った方がいい」

言いながらわざとらしいと思う。元気な人間は紋切り型のお説教くらいしか言えないのか。違うだろう、俺の問題だ。俺は何を言えばいいのか。俺は何を求められているのか。

「だから眠れないんだって」

「どうして」

「起きたとき、体が動かないから」

「痛くて？」

「細胞が固まってしまってる感じ」

彼は少し黙った。それから、

「なんで俺のこと呼ぼうと思ったの？」

と聞いた。

「忘れてたわけじゃないから」

美雪は答えた。そしてまた口をつぐんだ。

昼食が来た。彼女は億劫《おっくう》そうにご飯と煮物の椀《わん》のフタを取りながら、

「オレさ、安楽死を選びたいんだ」

と言った。

「それ、だめだ」

彼女がまだ何か言おうとしているのを遮って続けた。

「日本じゃ無理だよ。オランダとかアメリカの限られたところではできるらしいけど、手続きだけでものすごい時間かかるぜ。その間ずっとつらいの、耐えられないだろ」

昨日ネットで調べたにわか知識だった。

「それ、ほんとのことか？」

「ほんとだよ」

「じゃあオレは楽になれないのかよ？」

苦しんでも生きてくれとは言えない。けれどあっさりと死んでほしくなかった。

「うーん、安楽死は無理だよ」

「なんだよ」

美雪はあからさまにがっかりした顔をした。

「そのために呼んだのによう、頼りにならねえな」

「そのためって」

「安楽死をオレの主治医に談判してくれること」

「俺が？」

「そう。他に誰もいなかったからさ」

「だめだよ」

「もういいよ、わかったよ」

だけど、本当に安楽死はないのだ。それをやったら犯罪になってしまう。感情ではなく、つらすぎる症状を緩和する策だとしても、自分はそれを肯定できない。

どうしても。


主治医は野依《のより》という若い男だった。糊《のり》のきいた白衣の下にはブルーのストライプのシャツにきちんとネクタイを締め、眼鏡《めがね》の奥の目がすばしこく動く。きれいに掃除された部屋に住んでいるんだろうな、何の脈絡もなく遠井は思った。輸入の家電とか揃《そろ》えてさ。奥さんがベランダでハーブかなんか栽培してるような、そういう面構えだよな。

彼女は昨日からの病状を聞かれるままに答えていた。遠井がふと気を抜くと横から腕をつねられた。

「え」

美雪は、なんか言えよ、という顔をして彼をにらみつけていた。彼は仕方なく、彼女は死ぬ確率の高い処置、楽に死ねる処置を選びたがっていると言った。医師はそれにははっきり答えず、悪い細胞が増えているかもしれない、という所見と、緩和ケアチームに午後から来てもらうこと、その他いくつかの注意点を彼女に与えて慌ただしく出て行った。

「今の先生、どう思った？」

「頭よさそうだな」

「いい男だろ」

「えーそうか、神原のタイプってあんなの？」

遠井が言うと彼女はけらけら笑って、んなわけないだろ、と言った。嬉しそうだった。なんだよ、俺と正反対じゃん、と彼は思う。

両親が食事を終えて帰ってきた。彼がタバコを吸いに行く、と言うと母親が案内すると言って一緒に病室を出た。

なにか話があるんだ、ということくらいは彼にもわかった。

エレベーターの中で母親は話し出した。

「美雪は誰も呼ばないんです。友達はたくさんいるのに。でも遠井さんにだけは会いたいって」

彼は当惑する。

「だって僕ら、何年も会ってないんですよ」

「でも美雪はいつも遠井さんのことを話してるんですよ。毎日インターネットも見てて。ほら、カメのバニラちゃん」

えー、まじかよ。そんなのありかよ。だったらいつだってメールしてくりゃよかったじゃんよ。

こんなになる前に。

と思った自分を恥じる。

喫煙所は地下一階の中庭にあった。彼は地下に降りることが怖かったが、想像していたようなおそろしい光景はなく、その気配もなく、売店や食堂があるだけだった。多分、「それ」はもっと深い地下にあるのだ。

彼は黙ってタバコに火をつけた。母親は病気の経過を彼に話した。胸が苦しくて病院に行ったら、胸部CTで腫瘍《しゅよう》が見つかったこと、最初の入院と退院してからの復学、再発してからもっと強い副作用の抗がん剤を使ってもなお、気丈だったこと。再々発してから、気力が病勢にだんだんついていかなくなってきたこと。

「何もしなかったらあと数ヶ月って先生は言うんです……私たちも、ずっと泊まり込みで疲れ切ってしまって」

「僕で出来ることなら……」

「どうか美雪を支えてやって下さい」

どつぼにはまってしまったのかもしれない、頷《うなず》きながら遠井は思った。いっぺんに膨大なものを背負ってしまったのかもしれない。

なにしろ、俺はいままで他人の人生を背負ったことなんてないからな。それもでも、いいのかもしれない。人に頼られるなんてことは。なんか男らしいかもしれないぞ。

病室に帰るといきなりティッシュの箱が飛んできた。

「なんで発作のときにいないんだよ」

美雪の目は怒りでキラキラしていた。

彼は驚き、言葉を失う。ティッシュの箱をベッドサイドに置きなおすのが精一杯だ。

「さっきまで大変だったんだぞ、三十分くらい」

「ごめん」

「何しに見舞いに来たんだよ」

「ごめん」

遠井は、責められたことよりもむしろ物を投げられたことに傷ついていた。さっきまでいい気になっていた。「頼りがいのある自分」をどこへ持っていっていいかわからなかった。

冬の低い日差しがブラインド越しに入ってきていた。遠井も、美雪も、両親も、縞《しま》模様《もよう》に染まっていた。

「お見舞い持ってきてたんだった」

彼は読みかけの本を鞄《かばん》から取り出して渡した。彼女は表紙も見ずにぱらぱらとページをめくり、

「これ、人が死ぬのか」と言う。

「死なないよ、まだ途中までしか読んでないけど」と、彼が言うと、

「ばかやろう」と言われた。

「もっと安楽死とか、苦しくない自殺とかのこと書いてある本持ってこいよ。役にたたない男だな」

「そんなもの、持ってこれるかよ」

遠井は笑った。今日初めて笑ったような気がした。

それから、彼らは友人たちの話をした。同じクラスの友人が今どうしているのか、働いている者もあれば、脱サラした者もいる、結婚退職した者もいる。早くも家を買うことを考えている者もいる。美雪は元気だった頃、クラス会に出ていたが、遠井はもうそういった連中とつき合っていなかった。彼らははるかかなたにいた。

俺は中途半端に暮らしているよ、と遠井は言った。

突然に、次の発作は来た。

「あ、なんか痛くなるかも。カロナール飲もう」

美雪がそう言って痛み止めを飲み込んでうつむいているうちに、激しい痛みがやって来た。それは外から来たのではなく、彼女の中から暴れ出した。彼女は横向きになって枕《まくら》に顔を伏せた。それから、うつ伏せになり、痛みに耐える体勢をみつけようとした。

いたいいたいいたいいたいいたいいたい
母親が彼女の背中をさする。どこが痛いの、ここ？　もっと下？　ああ、腰なのね、腰が痛いのね。

痛み止めを飲んだのは四時半だった。彼は時計を見ていた。

「あと二十分たてば痛み止めが効くよ」

そんなことしか言えない。もどかしい。

いたいいたいいたいいたいいたい

彼女は泣いた。泣きながら叫んだ。

どうしてだよ、どうして腰が痛いんだよ？　いたいいたいいたい、なんで？　なんでこんなに痛いんだよ？

誰も答えられない。野依医師が言った、悪い細胞が増えているかもしれない、という言葉が思い出される。

どうして毎日違うことが起きるんだよ？

母親が腰をさする。ゆっくりと指圧してやる。彼には時計を見るしかやることがない。

いたいいたいいたいいたいいたい

もうやだ。もう毎日こんな。いやだいやだ。

ああ、あのときも痛がったなあ、彼はろくでもないことを思う。痛みを与えたのは自分だというのに。美雪は、隣の部屋が気になるほどの声を立てたのだった。

今もまた、痛みに苦しむ彼女が官能的に見える。細い指をのばし、泣き叫ぶ美雪が快感にもだえているように見える。なんて不謹慎な。

「二十分たったよ」

誰も答えない。厳然とある痛みの前でタイムキーパーの役割はむなしい。

「激痛なの？」

母親が聞く。

「激痛より一歩手前」

苦しみながら言う。

母親がナースコールしようか、と言う。うめきながら彼女は、呼んで、もう我慢できない、と言う。

看護師が顔を出し、状況を把握するとすぐに出て行く。点滴が来る。美雪と繋《つな》がれた透明のバッグを彼は凝視する。緊迫した空気を黙殺するように、静かに、ゆっくりと透明の液が減っていくのを見ている。

いたいいたいいたいいたいいたいいたい
モルヒネだろうか。何という薬なんだろうか。見てもわかるはずがない。彼は時計を見る。彼女は泣き叫び続ける。

泣きな、痛いなら泣きな。足をさすりながら父親が言う。靴下をはいていない彼女の足は小刻みに震え、足の指がいっぱいに開かれて苦痛を訴えている。

こんなに苦しむ人を目の前にしたのは、初めてのことだった。祖父母の見舞いに行ったときも、ただチューブに繋がれて眠っている老人、という印象しかなく、長時間病室にいることもなかった。

どうして自分はここにいるんだろう、と彼は思う。何の役にもたたない。足ひとつさする資格がない。ここで見ているだけ、でくのぼうのように突っ立っているだけだ。美雪の苦しみを真摯《しんし》に受け止めることができない。いちいち言葉に置き換えることしかできない。

点滴がなくなれば痛みは引くのだろうか。

点滴がなくなっても痛みが引かなかったら——

「今、90%になった！」

美雪が叫んだ。痛みがやわらいだということらしい。彼の中で何かが覚醒《かくせい》する。

「がんばれ」

彼は言う。がんばれなんて言葉がここで正しいかどうか、考える余裕はない。痛みが80％に、70％に、我慢できるところまで来れば、間違っていたってなんだっていいじゃないか、と思う。がんばれ。

「80％！」

「すげえじゃん」

まるでスポーツ観戦しているようだ、と彼は思う。なぜ、人の発作にこれほどまで引き込まれるのだろうか。それが普段彼の住む世界とは隔絶されて深刻だからだろうか。

両親の顔にやわらぎが見える。けれど母親は腰をさすり、指圧する手を止めはしない。彼女はまだ泣いている。けれど、泣き方が変わってきた。

「70％になったか？」

「うん……なった、70％」

痛みが30％になったとき、彼はトイレに立ち、その足でタバコを吸いに行くことにした。美雪は、帰ってきたら0％、と彼を見上げて弱々しく言った。

病室に戻ると、なぜか両親が遠井に礼を言った。美雪は汗をかいたためだろう、紺色のパジャマに着替えていた。こっちの方が似合う、と思ったが言えなかった。

「発作見て、どうだった？」

美雪は遠井のことを正面から見据えて言った。

どうって……と彼は口ごもったが、

「痛いって悲しいことなんだな」

と言った。

「全然違う」

彼女は余裕のある口調だった。

「なんでこの症状が出るかわからなかったから悔しかったんだ、だから泣いたんだ」

「そうか、俺なんにもわかってねえな」

「オレ、大げさに見えたか？」

「全然、そんなことはないよ」

「わざとらしくなかったか？」

「あんなに苦しんでるのにわざとらしいなんて思わないよ」

色っぽかったなんて言ったらまたティッシュの箱が飛んで来るだろう。

「よかった」

美雪は背中を起こしたベッドに身を預けて言った。

「オレは見てほしかったんだよ。見てわかってほしかった」

「俺、席はずした方がいいかなってちょっと思った」

「ばかだな」

彼がほっとした瞬間、彼女が言った。

「あのさあ、これでも安楽死はいけないと思うか？」

あのときと同じだと、遠井は思った。

牛は横蹴《よこげ》りをする、と新聞のコラムか何かで読んだ覚えがある。彼女はいつも横蹴りをくらわす。彼が気を許すたびに。

彼は深いため息をついた。


いつの間にか日が暮れていたのに彼は気づかなかった。

「緩和ケアチーム」は、医師と研修医、看護師の三名だった。

白衣の下にネルシャツを着た飯島医師は、簡単な挨拶《あいさつ》をし、美雪の発作の話を聞きながら、大きな目をぎょろぎょろさせた。この医者は月に何人看取《みと》っているのだろう、と遠井は思った。一段階、死に近い医者に引き継がれた美雪が気の毒だった。

「安楽死はできますか」

その言葉は、ごく自然に美雪の口から出てきた。

「できないね」

医者は眉《まゆ》一つ動かさず即答した。

「ただ、余命があと数日という場合、『寝せる』ということならできる。でもそれは今のあなたの状態じゃできないよ」

「苦痛を取り除くためにそれしかないなら殺してほしいんです」

「だめだな。ところで睡眠はとれてるかい？」

「寝てないんです。起きたあとに体が固まっているのが怖いんです」

「体を動かすと痛い感じかね」

「細胞が固まっているような感じ。起きてから体を動かすまで一時間くらいかかるんです。痛いのかもしれない、激痛じゃないですが」

「あらかじめ、寝る前に痛み止めを飲んでおくって手があるよ。それだと、体を動かしやすいかもしれない。やってみないとわからないが。睡眠はとらないとだめだよ」

「怖くて眠れないんです」

「眠った方がいいなあ、これは優先事項だと思うよ。とりあえず今日睡眠導入剤を処方しておきますから、明日またその結果を話そう。それと痛みだね。さっきの薬が痛みに効いたことがわかったわけだから……」

医師はてきぱきと処方を決め、白衣のポケットの中で震動し続けていたＰＨＳを取り出しながら病室から出ていった。


「あの先生、どう思う？」

「そうだな、あの先生はカードを持ってる人だよ。何枚も持ってる。でも無駄な使い方はしない。俺は信用できるような気がした」

「オレも同じこと思った」

嬉しそうに美雪は言った。

「でも神原は偉いよ」

「なにが？」

「つらいのにちゃんと自分のこと説明できる」

「それは患者の義務だよ」

彼は黙った。その先の言葉がよく思いつかなかったからだ。もしも自分だったら。それは「もしも自分が女だったら」というような遠いところにある「もしも」ではない。十年後、いや、三年後の自分かもしれないのだ。

「発病したとき、ショックだっただろ」

「いや、すっげえかっこいい病気だと思った」

どうして美雪はこれほどクールでいられるんだろう。

「マジかよ」

「ああ。でももう飽きたけどな、この病気。もうたくさん」

今の彼女の気持ちを受け容《うい》れることは難しい。傷つけたくない。ごまかしたくない。まっすぐに見ていてやりたい。

「痛くないっていいことなんだなあ」

彼が言うと、

「ほんと、そうだ」

疲れを目の端にためて、彼女は笑った。ラ・ヴァッシュ・キ・リ。

「落ち着いたか、ちょっとは」

「落ち着いたっていうか安堵《あんど》したっていうか、いや、そんな言葉じゃ全然足りないな。言葉じゃ表わせないくらいの気持ちだよ」

夜の八時に彼が病室を出るとき、彼女は言った。

「オレ、昨日死ななくて良かったたって思った。遠井が来てくれたから」
また来ると約束すると、いつでもどうぞ、と言って彼女は手を差し出した。少し汗ばんだその手を握りながら、彼はもう二度と彼女と会えないのではないかと怖れた。

サービスエリアに車を停めて腕をぐるぐるまわした。全身が凝っていた。空の高みの金色の月を仰いで、遠井は突然、鮮烈な幸福感に包まれている自分を感じた。ほぐれてきた全身のあちこちで、ペリエの冷たい泡がぷつぷつとはじけるような眩《まぶ》しさだった。なにか聖なるものが自分の元へと降りてきているようにさえ思えた。なぜかはよくわからない。疲れてハイになっているのかもしれない。
今、この月の光がブラインド越しに彼女の病室にも差し込んできていればいいと思った。彼女は月なんかで感動するような女じゃないかもしれないが、俺と彼女はこの光で繋がっている。眠る牛を包む縞模様の月の光を彼は思った。

家に戻ると、朝出たままの生活がそこにあった。エアコンは壊れたっきりで、洗濯物が床に散らばっていた。灰皿には山盛りのタバコが折り重なっていた。カメはヒーターの利いたケージの中で動かなかった。彼はお湯を沸かしたが、結局何も飲む気になれず、コンロの火を消して電気ストーブの前にしゃがんだ。

緊張と興奮が去ると、ひどい疲れが彼を襲った。遠井は服を着たまま冷えきった万年床に体を横たえたが、到底眠れそうになかった。作った冷静さはまだ体中に凝り固まっていた。今でもまだ、彼女が死ぬことばかり考えていた。そして自分の死を思った。怖かった。怖くて眠れなかった。

遠井はよろよろと布団から出て、ジャンパーを着た。財布とタバコをポケットに突っ込んで玄関に出ると形の崩れたスニーカーを履いた。

「暗《くれ》えなあ」

表に出て彼は言った。声がかすれている。

そのまま、16号の方、駅と反対側へ歩いて行って、タバコ屋の横の縄のれんをくぐると、数人の客が振り向いた。知っている顔ばかりだったが挨拶はしなかった。遠井は一番奥の席に体をすべりこませると、

「ぬる燗《かん》」と言った。

「珍しいじゃない、いつも冷やばっかりなのに」

女将《おかみ》が言ったが遠井は黙っていた。黙っているのが甘えていることなのだった。今日は、彼にしたら喋りすぎたから。

厚揚げと湯豆腐が出てきたが、どれも、箸《はし》でつついただけで人間の肉のような気がした。死は既に観念の世界を出て、彼の波打ち際に流れ着いた。美雪が美雪の死を背負っているのと同じように、遠井は遠井の死を背負って生きているのだった。彼はぬる燗をすすった。今にも冷たくなっていきそうな酒をすすり続けた。

二日後、「状態がよくなりました」というタイトルのメールが届いた。

「遠井君
神原です。

来てもらった翌日はあんまりよくなかったんだけれど、今朝《けさ》起きたらすごく気分がいいです。こんなのは何ヶ月ぶりだろうかってくらい。今はすごく嬉しい。それに、あんなこと言ったけれど、もうちょっとがんばってみようって思えてきたんだ。もしもこの体調のいい、すばらしい日が続いたら、移植も挑戦してみようかなとか。

本当にありがとう。こないだ、ありがとうを言うのを忘れてました。

また何かあったら頼ってしまうかもしれません」

彼はすぐに返事を書く。外でも、仕事中でも受け取れるようにケータイで返事を書く。

「おお。よかったな。俺でよければいつでも頼ってくれよ。役にたつかどうか自信ないけどな。なんかあったらすぐ言ってくれ。急ぎのときはこっちのアドレスによろしく」

返信してから、脱力感があった。彼女の具合がいいのを喜んでいる自分と、すっかり喜びきれない自分が共存しているのだった。彼は心配を根絶したいと願った。もっと治れ、もっと根本的に治れ、彼は思う。彼女の腫瘍と一緒に自分の心配が消えうせるように、と彼は念じる。眠る牛にむかって念を送る。今度は新しい帽子を買って行ってやろう。本でも何でも欲しいものを持って行ってやろう。だから俺を安心させろ。もし退院できたら一緒にどっか行こう。誘ったら俺はまたふられるかもしれない。でもふられたって彼女が生きていればかまわない。

生きている、彼女は生きている。

before they make me run
ビフォア・ゼイ・メイク・ミー・ラン

やつらが俺《おれ》を走らせる前に、自分で歩き出さなくちゃ。

そんな歌があった。ドラッグから抜け出そうとする歌だ。軽いギターと乾いたボーカルの明るい曲だった。あれはキースだったのか、それともロニー・ウッドが歌っていたのか。そんなことも忘れるほど呆《ぼ》けている。今の俺にはロニー・ウッドとロッド・スチュワートの区別だってつかないだろう。呆けるって悲しい言葉だ。まだ二十代だっていうのに。しかし、俺はそう思ったことさえすぐに忘れてしまう。脳細胞が急激に死んでいる。翌朝強烈に頭が痛くなる安酒のせいだ。それとパチンコのせいだ。俺はその二つしかしていない。殆《ほとん》ど。

博打《ばくち》に才能なんてない、あったとしても俺にはない。誰に言われるまでもない。知っている。それでもやめられない。ひょっとしてこの次に大当たりがめぐってくるかもしれない。たった一発の玉が、俺を変えるかもしれない。俺は文字通り、一発逆転の夢を捨てることができない。それは本能なのだろうか。ただの欲なのだろうか。

実際、俺にはパチンコ以外で遊ぶ金なんてない。俺の時間はパチンコが消費する。俺はそれで食っているわけではなくてそれに食われている。ときどき本当に足りなくなるとバイトをして小遣いを稼ぐこともあるが、あとはずっと同じ生活をしている。大勝ちした日も顔には出さず、親にはバイトに行くとうそをついてパチンコを打っている。

いつも嫌な気持ちだ。パチ屋に入るとき、本当に暗澹《あんたん》たる気持ちがするのだ。蟻地《ありじ》獄《ごく》に吸い込まれていく、それはわかるのだ。気分が楽になるのは、座ってハンドルを握るそのときだけだ。玉がはじき出され、不規則に、だが小気味よくガラスにかする音が、俺を違う時間の流れに溶かしていく、その瞬間だけだ。抑鬱《よくうつ》状態のアル中が唯一ほっとするのは、一杯目の酒を飲み込む瞬間だけだと聞いたことがある。中毒というものは全てこうなのだろうか。しかし、薬物でもアルコールでもなく、こんな台に脳が毒されているというのは妙なものだ。ふつうに考えたら面白くもなんともない、確率と遊んでいるだけだ。あんな機械のどこに依存しているのだ。俺は。俺は。俺は。俺は。

俺は何が言いたいのだろう。何を言えばいいのだろう。

俺は嫌われ者だ。子供の頃からうそつきだった。親や親戚《しんせき》や教師を、クラスのリーダーや女の子たちを喜ばせようとしてうそをついた。嬉《うれ》しくないときに嬉しいと言い、おいしくないものをおいしいと言い、嫌いな人に好きだと言った。みんな喜んでくれたが兄だけはそれを見抜いていて、ひどく俺を嫌った。しかし、俺にはよくわからないのだが、ある時期を境に、だんだん誰も喜ばなくなった、むしろ嫌われるようになった。ほかにもうそをついて周囲を喜ばせる子供なんてたくさんいたはずなのに、どこから俺は道を間違えたのだろう。いつからうそをつかなくなればよかったのだろう。

今はもう、自分でさえ、自分のことを信用していない。誰も俺のことを相手にしない。女もいない、俺は風俗には行かないから、もう長いこと女とやっていない。最後の女は、あれは二年前か、やっぱり俺がうそつきだと怒って帰っていった。それっきりだ。こんな暮らしをしていたらまともに働いている友達には申し訳がたたなくて会えやしない。バイト先でだって、ろくに人と目を合わせることができない。俺は人の目がこわい。うそをついていることを見破る人の目が。

俺の居場所は台の前しかないのか、そう思うと内臓のどこかがまだ熱い。けれどそのうち、その熱も冷めていって感じなくなるのだろう。脳細胞が死んでいって、じきに内臓も死んでいくのだろう。俺という人間の中身がすっかり腐ってそれから干からびていくところを俺は想像できる。簡単に。
最近、兄のことをよく考えるのだ。兄は俺をひどく嫌っていたけれど、俺はそれほど兄のことを悪くは思っていない。俺なんかから見たら、兄貴はかっこよかった。学生のときはバンドをやっていて、家ではいつもでかいスピーカーで音楽を聴いていた。俺がストーンズなんて知っているのは兄の影響だ。兄はとにかく古いのが好きだった。わざわざレコードで聴いていたくらいだ。音が違う、と兄は言ったが俺にはそんなことわからない。

俺は大学で教職だけ取って結局教師にもならず会社員にもならず何もする気がなくてプーになってしまったが、兄は新聞社に就職して、それと同時に家を出た。たまに帰ってきたとき、横目で見るとスーツもネクタイも似合ってた。相変わらず俺とは口をきいてくれなかったが。それが突然会社をやめて、全然名前も知らない中小企業に転職して、どうやら最近はそこもやめてしまってアパートに引きこもっているらしいのだ。家にも全く現れない。電話をしても要領を得ないらしい。ひょっとしたら病気かもしれない、と親は言う。俺に何ができるわけじゃないし、親の話なんてあてにならないが。

しかし何考えてるんだ兄貴。大丈夫なのか。親孝行は昔からあんたの役目だぜ。結婚したり、孫を見せてやるのはさ。まだ遅いってわけじゃないだろう？　もちろん、世間から見たら俺の方が大丈夫なのか、って感じなんだが、俺は常に低め安定だから、盛り上がることもないし、これより盛り下がることもないだろう。誰にも期待されないし、誰にも期待しない。俺は、台の前の波にもまれ続ければいい。それ以外のギャンブルに手を出すつもりもない。先のことを考える余裕なんてない。

だけど、兄貴には将来があると思っていたのだ。

いや、待ってくれ。俺は何か大事なことを忘れているような気がする。兄貴と割とうまくいっていた時代があったんじゃないか。兄貴と最後に喧嘩《けんか》したのはいつだったのか。最近、呆けてるから忘れちまったんじゃないか。自分に都合の悪いことが何か、あったんじゃないか。考えすぎか。

きっと考えすぎだ。もともとソリが合わないんだろう、兄貴と俺は。でも、親が死んだらもう、ほんとうに縁が切れてしまうんだろうなあ。今だって切れてるけれど。兄貴がまともにやってるんだったら縁が切れたって嫌われたってかまわない、でも親の話が本当だとしたら、兄貴が、何かの病気で引きこもっているんだったら俺は、どうしたらいいだろう。多分、何もしないと思うけれど。俺が何をしようとしたって兄貴は絶対に受け容《い》れないと思うけれど。この先、和解することなんてないだろう。

俺はろくでなしだ。

だけど、兄弟揃《そろ》ってろくでなしじゃどうしようもない。どっちが深刻なのかもわからない、会ってないんだから、会う予定だってないんだから。

もう時間だ。ジーパンを穿《は》いて外に出る。ここのところバイトをしていない俺はパチ屋にご出勤だ。これだけが俺の予定だ。帰りよりはまだ足取りは軽い。けれど気分は重い。蟻地獄が俺を待っている。俺は転がり落ちるために、駅までの道を歩く。

一体いくら使ったのかは考えたくない。特に朝はそういうのは避けたい。いくら儲《もう》かったのかはいつも覚えている。俺の負けは俺のものでなく、俺の勝ちは俺のものだ。おかしな話だが、そんな気分になってしまうことは事実だ。博打でイメージトレーニングなんて、ほんと、バカだ。

朝だけじゃない、閉店前になると家を出て、当たりの回数を見に行ってしまう。そこで明日の予定、明日座る台が決まってしまう。三百六十二番台か、三百三十五番台か。俺の居場所はそこにしかないのか。ああ、堂々巡りだ。ほかにどんな可能性があるというのか。またバイトか。バイトなんて可能性あるのか。バイトから正社員なんてぞっとする。そうなった連中がバイトにどうあたるか、どれだけ汚い仕事をさせるのか、俺が一番知ってるじゃないか。俺は適当なところでずらかるしかないじゃないか。

俺は台の前に座る。俺は俺の愚かな右手を信じる。玉はざりざりと吸い込まれていく。俺は逆転の可能性が失われていくのを見ている。なすすべもなく、それを見ている自分を見ている。俺は左手でタバコを取り出して、一本くわえてみる。横で大当たりが出ている奴《やつ》をうざったく思う。俺は。

俺は。

明日はどうするのだろう。玉がなくなってくると急に明日が近づいてくる。何をすればいいんだろう。もうここに来るのは嫌なんだ、ずっと前から。

けれど多分、何も変わらない。

＊

女性がもてあましていると、つい、声をかけてしまう。挨拶《あいさつ》みたいなものだが、それがちゃんと彼女たちの深いところに届いてしまうことがわたしの問題だ。もちろん、彼女たちの全てを背負い込むつもりはないし、向こうだってわたしに介入する気はない。わたしにできるのは、ただ、一時だけ全てを忘れさせてあげること、端的に言えば愛してあげることだけだ。わたしは彼女たちの悩みを聞いてあげる。恋のことでも容姿のことでも将来のことでも、なんでもかまわない。聞きながら優しく触れてあげる。最初は髪に、次は頬《ほほ》に、それから彼女たちの好きな場所を選んでそっと触れていく。悩みを語りながら声色を変え、肌の色さえも変えて燃え上がっていく女性はほんとうにきれいだ。会っているとき、目の前の女性に対してわたしは誠実だ。わたしの誠実さを誰も疑わない。わたしに恋人がいるかどうかなんて誰もきかない。きっとわたしが冴《さ》えない男だからだろう。

わたしにも恋人はいるが、そういう美しさを感じたことは一度もない。貴子はもともと女らしい女というわけでもないのに、まだもっともっと男らしくなりたい、と思っているようだ。わたしが間男をしているなんて彼女には想像もつかないだろう。もちろん、そんな想像をしてもらっては困る。貴子とわたしはうまくいっている。

わたしはごくごく平凡な男だ。仕事もそんなにできるわけではないし、そもそも人に自慢できるような面白い仕事をしているわけでもない。容貌《ようぼう》も地味だ。身長は高くも低くもない。ただ、それが不満かというと別に気にかけてはいない。セックスも、挿入してしまったら達するのが早いので前戯を念入りにするだけだ。実際、射精の快感よりも、高ぶる女性をじらしているときの楽しさの方が大きい。満足した瞬間、女性の体から発せられるにおいを嗅《か》ぐのが好きだ。

今、三人の女性とつき合っている。貴子は別として三人、MとKとS。もちろん、三人はお互いの存在さえも知らない。Sは既婚女性で、MとKは独身だ。MとKにも恋人がいる。SとKはパートナーとうまくいっていて、Mはあまりうまくいっていない。うまくいってほしい、とわたしは願う。悩みを聞くことは大好きだが、Mがもし、恋人と別れたらわたしも逃げ出すかもしれないとも思っている。わたしにとって一番大事なものは、彼女たちとの間のバランスだ。わたしは大切にされたくはない。ふとした瞬間に思い出されるだけでいい。彼女たちの悩みの対象にはなりたくない。

「ずっとこんな時間が続けばいいのに」

終わったあと、きれいな背中を見せながらSが言う。Sは繊細で、ときどき情緒的すぎる。わたしは服を着ながら心の底で身震いする。ずっとこんな時間なんて。わたしには帰る場所がある。

満ち足りたKに、誰と比べていたの？　と聞く。Kは、わたしの人さし指をきゅっと握っていじわると叫ぶ。そう言いながら、心の中で裏切っているパートナーの顔を思い浮かべるのだ。小さないじわると、小さな喜び。小さな後ろめたさと、小さな満足。モザイク画の人相は誰にもわからない。わたしは秘密は守る男だ。ただ、約束をしないだけなのだ。

それでもMは予定を入れたがる。来週の金曜は？　連休は仕事なの？　Mは実際の年齢よりずっと子供っぽい。かわいいけれど、甘えすぎなところもある。わたしはMにだけは偽りの職業を伝えてある。税理士で、一人で事務所を構えていると言っている。郵便局員と言ってしまうわけにはいかない。職場の顔を見られるわけにはいかない。わたしはいつも忙しいことになっている、いつ何時、クライアントから呼び出しが来るかわからない。ほんとうの税理士の仕事がどんなものかわたしは知らないが、Mも知らない、わたしたちの間ではとにかくそういうことになっている。

不思議なことに、彼女たちの作るご飯はみんなまずい。帰りに持たせてくれたサンドウィッチでさえにおいが鼻について捨ててしまう。わたしはなるべく、ご飯をすすめられないような時間に会うことにしている。一方で、貴子の作るご飯は安心だ。変なにおいがしない、いつも同じ味がする。特別おいしいわけではないが、ほっとする。貴子はおいしい？　と聞く。わたしはおいしいと言い、貴子は満足する。

こんなことをしていいちゃいけない、と思うときはある。実はかなり頻繁にある。けれど、誰も困っていない。一度もばれたことがない。浮気相手といるときに、貴子から電話がかかってきても平気だ。ふつうに喋《しゃべ》って、友達、と言えばそれで済む。貴子は全然女々しい電話をしてこない。夜中にかかってくるときには、仕事でくやしいことがあってきいてほしいだけなのだ。わたしの言うことは男の友達と電話していると きと本当に変わらない。だから電話をもらってもまるで困らない。彼女たちは疑うそぶりも見せない。

けれど、いつまでこんなことが続くだろう。いつかは壊れる。或《あるい》いは、メンバーを替えながら続いていくのかもしれない。ただ一つだけルールがある。そのことで貴子を泣かせてはいけない。

貴子はわたしが相手をしない、と文句を言うが、忙しいのは彼女の方なのだ。外車ディーラーの広報をやっている彼女は、いつもタイムリミットに追われている。早朝から撮影で出かけることもあれば、終電に間に合わないことだって多い。休みの日くらいゆっくりしてほしいとわたしは思う。

結婚には、わたしはどうも踏み切れない。今のままでいいじゃないかと思う。本当のところはわたしが臆病《おくびょう》なのだ。貴子と結婚したとしても彼女の忙しさは変わらないだろう。結婚して仕事を辞めるような女性ではないし、それにわたしの給料で、贅《ぜい》沢《たく》が身についた貴子を養えるとは思えない。ほんとうは、わたしは、貴子の帰ってきていない家に帰るのがこわいのかもしれない。その静けさは、その途方にくれる時間は、今の一人暮らしの家とは異質なものだろう。ひとりで作って食べるご飯も違ったものに感じられるだろう。土日も貴子は仕事で出かけていく。そしてわたしは取り残される。わたしは貴子と暮らす家から別の女性に会いにでかけていくのか。それはどうも文脈が違う。それではまるで寂しさを紛らわせるために浮気をしているみたいになってしまう。

貴子に対して熱くなることはもう今ではないけれど、やはり元気で、できうる限り上機嫌でいてほしいとは思うのだ。彼女の休みの日の夜は一緒にご飯を食べて、帰りがけにわたしはまた別の女性と会ったりもするけれど。そういうとき、さすがに自分のことを仕方ない、とは思う。けれど貴子はわたしが後にしてきたあの暖かい部屋で、大きな格子縞《こうしじま》のカーテンを閉めてのんびりテレビを見たり雑誌を読んでいるのだから、何も心配することはない。貴子はわたしの手の届く安全なところにいて、満足している。それ以上のことがあるだろうか。わたしはMにすばやくメールを送り、待ち合わせをして電車を途中で乗り換える。駅の雑踏のなかでわたしは自分の名前を失う。彼女たちは誰もわたしの本当の名を知らない。たとえ知っても意味がない。

わたしは泥沼にはまらない。いつかやめるかもしれないが、問題が起こるとは思えない。わたしには自分というものがない。だからこそ貴子のそばにいることが大事なのだ。

＊

この会社は泥の舟だ。鼠《ねずみ》だって沈没する舟から逃げるではないか。バイトは次々やめていった。社長が二代目に代わってからろくなことは起こらない。スヌーピーのような顔をした不吉な男だ。朝礼で話しても何を言っているのかよくわからない。頭が悪いんだと思う。そのくせ突然の方針変更だけは得意なのだ。みんなうんざりしている。先代のときも「老害」とか言ってたけれど、二代目と違って、よくよく話せばわかる人だった。

郊外の新店舗を引き揚げるとき、店長は別の外食チェーンに転職した。残った私は「戦犯」にされた。誰が考えたってわかる、あんな小金井《こがねい》の街はずれのわかりにくい店が賑《にぎ》わうはずがない。二代目が不動産屋に騙《だま》されただけなのに、私は新店舗の出店時から最後までいた社員というたったそれだけのことで、サブマネージャーからヒラに降格されて本社に戻ってきた。

二代目は、初代に認められていた私の居場所を完全に奪った。私は、データ管理部という名ばかりの暇な部署にまわされ、部長のところに来る来客の対応をしながら、営業部の会議資料を作って、その間ずっと、冷ややかな視線を送り続ける同僚の誰ともろくに口もきかずに耐えていた。もちろん、いやでいやで仕方なかったけれど、他にやりたいこともみつからないから仕方ないかと思っていた。店舗にいるとき、「生きる場所」だった会社はただの「行って帰る場所」に変わってしまった。

本社勤務で残業がなくなったので、やめたバイトの子とつき合ったりした。お互い相手のことが嫌いではない、という程度だったけれど、「とりあえず好き」ということにしておいた。会ってご飯食べて寝るだけだから、つき合うというより、利用しあっていたという方が正しいかもしれない。夜は、なんとなくこんなんでいいのかもしれない、と思って抱き合うんだけれど、朝になると自分を騙しているみたいで恥ずかしい気がした。そのうちに、お互いの利用期間が終わったみたいで、さらっと離れていった。二度と会わない二匹の海の魚のようだった。つき合うことより、別れることの方が自然だと思った。ものすごく好きってわけじゃなかったから、そのあともネガティブな感じにはならなかった。

その後に別の人からつき合ってくれ、と言われたけれど、それは断った。家の近所の、かかりつけの歯医者だった。開業したのは数年前だけれど、物腰がソフトで、うるさいことも言わないのでずっと通っていたのだ。休みの日に喫茶店でよく会ったから挨拶とかはしていたけれど、いきなり告白されるなんて思ってもみなかった。だって、私はいつも歯医者の先生の前で間抜けな顔をして口をがばっと開けて、汚い虫歯を見られているのだから、とてもじゃないけれどおつき合いなんて恥ずかしくてできない。そもそもなんで私なのかわからない。歯医者の先生はお金持ちだし、お金持ちにはお金持ちの世界があるじゃないか。私にはバイト君の方がまだしっくりきていた。

「先生は感じがよくてすてきだと思うけれど、そういう気分にはなれません」

と言うと、彼は目を伏せて、低い声で、

「わかりました。このことは忘れて下さい」

と言った。その瞬間、残酷だけどなんだか空気がきれいになるような気がした。そのとき私はすごく自己完結していた。男って全然すべてじゃないと思ってほっとしていた。さびしいけれど気分がよかった。

そういうことが全部終わると、ゆるゆると世界から自分が剝《は》がれていくような気がしてきた。

多分、とっくの昔にいろんなことは終わっていたのだ。

新しいことは何も始まらない。

私はまだ、歩きはじめていない。

何かを変えなきゃと思っているとき、無性に友達に会いたくなる。変わらない友達。いつ会っても昨日会ったような顔で会える友達。いつも私からしか連絡しないけれど、そんなことも気にならない友達。私は熊井望に電話する。

「クマー？」

「クマーって言うな」

熊井が照れたように言う。

「高田です」

「わかってるよ」

「遊びに行ってもいい？」

「いいけど、汚いよ」

土曜日の仕事が終わる時間を聞いて、品川駅で待ち合わせる。私はロゼのちょっとおいしそうなワインを買っていく。熊井は京急《けいきゆう》の乗り換え口のところで、ハードケースを下げて立っている。その姿だけ目立ってみえる。若い頃、同じバイトをしていた。バイト帰りに待っていてくれた、そのままのシルエットだ。私の中で、ほかの誰でもなくて彼女に会いたかったことがはっきりする。

「ごめんね突然」

「いつも突然じゃん」

熊井はちょっと笑う。熊井は顔をほころばせて、それがいかにも迂闊《うかつ》だったというような表情をする。すっと、ふところに入り込んでくる。あたたかい。熊井はいつもあたたかい。

友達と一緒に電車に乗るのなんて久しぶりだ。各駅停車で三つ。最初に何を話そうかと思って、躊躇《ちゅうちょ》しているうちに着いてしまう。

「ビール買うよね」

熊井がコンビニの前で立ち止まる。

「うん」

「何食べようか」

「ピザとか？」

「いいね」

家にあがると熊井はすぐにギターをケースから出して、それからビールを開ける。乾杯する。それから表のポストに行って紙の束を抱えて戻ってくる。熊井の優先順位がよくわかる。

「長らく郵便受けなんて開けてなくてさ」

言わなくてもわかる。熊井はおそらく、どんな郵便物もいらないと思っているのだろう。笑っているうちにピザ屋のチラシが出てくる。実は家でピザなんて取ったことがない、と、熊井が言うので私が電話する。電話を切ってビールを飲んでくつろぐ。もうそれだけで半分、問題は解決したような気がしてくる。

私は会社のこともバイト君のことも歯医者のことも、母や姉から結婚しろとうるさく言われることも、一部始終を熊井に打ち明ける。熊井はろくに聞いてないよ、という感じでアンプにつないでいないギターのチューニングをしながら相槌《あいづち》をうつ。私が何もかも言い終わる前に、

「いいからやめちゃいな」と言う。

「会社？」

「うん」

「でも次の仕事……」

「私が食えてる世の中なんだよ？」

「そんな言い方すんなよう」

「別の仕事だってできるだろ。充電したっていいじゃん」

そう言うと、首を曲げてギターをちらっと見る。熊井には相棒がいていいな、と思

う。素直に思う。これしかできないんだ、という熊井がうらやましい。私にはそんな「これしか」はない。

「ほんとに、やめた方がいいと思う？」

「迷うなよ」

熊井は気にしているから言わないけれど、この男らしさが私は好きなのだ。熊井が男だったらつき合いたいくらいだ。結婚したかもしれない。フィジカルなところはちょっと想像できないけれど、私が熊井に「今日もがんばってね」と言って家から送り出すところを想像するとおもしろい。熊井はきっと返事もせずにドアをそっと閉めて、足音をたてずに出ていくだろう。

ピザが来る。熊井がギターをケースに仕舞っているので私が玄関に立っていってお金を払う。

熊井が私だったら、あのバイト君とつき合っただろうか。歯医者の先生とつき合っただろうか。

考えられない。きっと一瞥《いちべつ》もくれない。

熊井はもくもくとピザを食べている。まるで何日も食べていなかったみたいに。早く食えと言わんばかりにちぎったピザを私の方へ寄せる。一瞬、楽屋ってこんな雰囲気なのかな、と想像する。

「私も一人暮らししたいなあ」

熊井の半分の速さでピザを食べながら私は言う。

「ああ、いいかもね」

やっと熊井が顔をあげる。

「でも、お金ないし」

「いいとこ住もうと思ってるからだよ」

「ここといいよね。青物横丁」

熊井は黙ってビールを飲み終わる。多分私が町内に住んだとしてもあまり歓迎されない。私も本気で言ってるわけじゃない。なんとなく、京急って私には合わない気がする。羽田行くときとかは便利だけど。でも横浜とかならいいかな。横浜の会社とかってどうかな。

「熊井、彼とかいる？」

熊井はちょっと肩をゆする。笑いました、というしぐさだ。

「会いたい奴はいるけど、どこにいるかもわかんない」

「探さないの？」

「探し方がわからない」

「どんな人」

「うーん、忘れた」

「ずるいよー」

大きな声を出すと、熊井はそっぽを向いて言う。

「ベーシストだよ」

一緒にプレイしながら、ちょっと頬を染める熊井の顔を思い浮かべる。うまくいかない。恋する熊井なんて想像がつかない。長いことつき合っていてこんな話を聞くのは初めてだったりする。いつもはまず、答えてくれない。

「誰似とかある?」

「ないね。誰にも似てない」

「業界の人ならまた会えるんじゃない?」

「いや、素人《しろうと》」

熊井はそっけなく言う。彼女の頭の中で、人間はプロと素人の二種類しか存在しない。

「会えるといいね。どこかでばったり」

私は結構、心をこめたつもりで言うと、べたべたした指をティッシュで拭《ふ》く。

「そんなことより、ちゃんと会社やめなよ。今度こそ」

「親になんて言おうかなあ」

「うそ言えばいいじゃん」

「そうだよね」

そうだ。うそつけばいいんだ。騙している間に次の仕事を探せばいいんだ。なんか、元気出てきた。友達って不思議だ。

「明日、会社やめるって言うよ。部長に話してくる」

「ああ、じゃあお祝いしよう」

「なに祝いよ?」

そう言いながら私はワインを持ってきたのをやっと思い出す。瓶《びん》を目の前に突き出すと、熊井はいそいそとデュラレックスのタンブラーをふたつ、持ってくる。

「ようこそだね、こっちの世界から見たら。脱サラおめでとうだよ。短い間かもしんないけど」

コルクを抜きながら熊井は言う。

「会社やめたらどうしようかな」

「平日に遊びなよ。どこも空《す》いてていいよ」

「うん、辞表出すなり遊びに行くよ」

「いいね」

あの春のスーツを今年はじめて着てやろうと思った。

それからたくさん飲んで、私ばかり喋って、酔っぱらって帰った。どうやら熊井に「ありがとう」を言うのを忘れた気がする。

*

寝坊した。

彼が駅前まで来たのはもう十一時を回っていた。もういい台は埋まっている、なのに彼はパチンコ屋に行こうとしている。強力な磁場が働いているかのようだ。彼は砂鉄のように吸い寄せられる自分を感じる。通り過ぎることができない。通り過ぎた後に行く店がない。

白っぽいスーツを着た女が斜めに彼の視界を遮った。女の胸に目をやって、財布もやっぱり膨れているんだろうなと彼は思った。目が合ったわけでもないのに、姿勢のいいその女が勝ち誇ったような笑みを浮かべたように思えた。女はヒールを鳴らして彼が向かったパチンコ屋に入って行く。

ドアの向こうから強い風が吹いたような気がした。清潔そうな女の、明るくて甘ったるいにおいのする風が彼の進路を阻んだ。

ああいやだ、彼は思った。俺の抱えている倦怠《けんたい》の質量が膨れ上がる。十倍にも二十倍にもなって俺の両腕にぶらさがる——彼はその場所から動くことができない。彼は、その女の後に続いて通い慣れた店に入ることができない。あんな女についていくみたいに入るのはいやだ。

立ちすくんでいたのは、たったの五秒か十秒の間だったのだが、彼にとっては頭痛がするほど長い時間だった。

目の前で店のドアが閉ざされた。中から聞こえてくる轟音《ごうおん》とアナウンスが遠く薄らいだ。

彼は、景色が揺らいだ。ぷいと向きを変えて、駅の方へと戻って行った。

miss you

ミス・ユー

仕事の帰り、花屋の辻森《つじもり》さんのところにお願いに行った。

お姉ちゃんの結婚式にブーケを作るって約束したのだ。

ひとりじゃできないけど、辻森さんが教えてくれたらできると思った。

「でもさあ、そんなの夜中っからになっちゃうよ」

辻森さんは大あくびをしながら言った。

心臓まで見えそうだ。

辻森さんはべろが長い。キリンみたいに長い。

多分、鼻の頭をぺろりと舐《な》めることができる。

辻森さんのべろのことを考えると、私はちょっと冷静でいられなくなる。

辻森さんが、カサブランカやカラーの花を夜中に舐め回しているところを想像するとぶっ倒れそうになる。

そのまま、食べてしまうかもしれない。

辻森さんは花を食べて生きているのかもしれない。

売る花よりも食べる花の方が多いかもしれない。

辻森さんの血を吸ったら甘いかもしれない。

そう思うとわなわなする。

辻森さんは「ウチのセンセイ」と同じ四十一歳なのに全然そう見えない。

後ろで束ねた長髪に白髪《しらが》は見つからない。

いい年して似合っている。

それに、チェックのシャツと黒いエプロンとベージュの長靴が、ときどき、いやみなほど自由だ。

「ウチのセンセイ」は歯科医で、私はそこで事務をやっている。

診察券をもらったり、予約を入れたり、掃除をしたりそんな仕事だ。

「ウチのセンセイ」は、一見やさしそうに見えるけれど実は自分のことをとても偉いと思っていて、私はそこがいまいち好きじゃない。

雇用主としてはいいけど個人的には。

もし食事とか誘われたって断ると思う。

でも、腕はいい。患者も多い。泣き叫ぶ子供の扱いもうまい。

私は待合室に音楽を流し、絵本を並べ、花を飾って、不安な患者さんが少しでも楽になるようにと思う。

毎週花を買いに行くから辻森さんのところで常連になった。

辻森さんが虫歯で痛がっていたときは、私が半ば強引にウチに連れてきてセンセイに診《み》てもらった。


「辻森さんお願い。もう約束しちゃったの」

「ブーケねえ」

おもしろくもなさそうに辻森さんは言う。

「俺《おれ》、夜は仕事しないんだけどなあ」

「深夜料金払うから！」

辻森さんは、ぐるんと首をまわして、

「夜はお金じゃ買えないの」

と言う。

ここで話をそらしてはいけない。

私は黙る。黙って辻森さんが根負けするまで上目遣いでお願い光線をとばす。

「二十四日が式なの」

「ふーん」

「ふーんって……」

「ああ」

やっと辻森さんのエンジンがかかる。

「どんなのがいいの？　ブーケってもいろいろあるんだよ」

「清楚《せいそ》なの。清楚で冷たくないの」

「ラウンドでいいか。丸いやつ」

「いい」

「了解」

「なんか用意するものとかある？」

「なにもないよ」

辻森さんはちょっとため息をつきながら言う。

「二十三日の夜、おいで。十二時半くらいでいいよ」

「ご飯は」

「そんなもの自分で食べてきなさい」

ぴしゃり。

でも、クッキーくらいなら食べてくれるかも。


お姉ちゃんはできちゃった婚だ。

聞いたとき、だらしないと思った。

子供は結婚してから作るものでしょ。

じゃなければ生まれて来る子がかわいそう。

犬や猫じゃないんだから。

でも絶対にそんなことお姉ちゃんに言ってもわからない。

「だってしょうがないじゃん」

これがお姉ちゃんの口癖。お姉ちゃんの論理。

お姉ちゃんはしょうがないで生きている。

しょうがないで生きていられる。

お姉ちゃんは頭がいいから。

ひとの半分以下の努力で東大に受かってしまう。
会計士とか、議員秘書とか、すごい資格をとれてしまう。
TOEICだと800点台後半とかとれてしまう。
でも、お姉ちゃんはいつも、何をやっても続かない。
努力をしないからだ。
証券会社に入ったときも、議員事務所に入ったときも、一年も続かなかった。
「だって合わないんだからしょうがないじゃん」
と言ってやめた。

誰にも秘密にする必要もないのに、秘密な気分だった。
高校生のときの初詣《はつもうで》くらいわくわくした。
携帯を鳴らすと、辻森さんは裏に回るように言って、私を店に入れてくれた。
裏口から見た店は鏡のなかのようだった。
夜の花屋は初めてだった。
花の息遣いが聞こえるような、むっとするなにかがあった。
私たちはカウンターを挟んで立った。

まるでなにかを宣誓するように。

東大卒だと、フリーターにはなりにくい。

上司が使いにくいと敬遠するのもあるけど、人間的に何か問題があるのではないかと疑われるからだ。

事実、お姉ちゃんには問題がある。

花はもう選んであった。

淡いイエローのバラと、白いフリージアと、もうひとつ白い。

「これ、何の花?」

「ネリネ」

あとはグリーン。アイビー以外はなんだかわからない要は葉っぱ。

「このバラ、いいね」

やわらかくて、冷たくなくて、でも派手じゃない。

「でしょ」

問題はその花たちが、全部「首狩り」されていることなのだ。

水の入った浅い皿の上にワイヤーの網がのっていて、そこにひどく茎《くき》を短くされた花たちがひっかけてあるのだ。

「なんで切っちゃったの？」

「必要だからさ」

そう言うと、辻森さんは店の奥に消えた。

辻森さんがいなくなるとまた、夜の花たちが私を囲んだ。

私は不安になる。ほんのちょっとの間でも、辻森さんがいないとさびしいと思う。せつないと思う。


ほんとうは私はお姉ちゃんと仲良くない。

話が合わない。性格が合わない。

お姉ちゃんのことを下品でやってらんないと思うことがある。

言葉も乱暴だし、セックスの話が好きだし。

人の気持ちとかわからないし。

親のこともあんまり考えてない。というか、将来のこととかきちんと考えてない。

だからできちゃった結婚なんかするのだ。

お姉ちゃんは隠し事をしない。
カレシとつきあえばみんなに言うし、別れてもみんなに言う。
そして別れたカレシのことを悪し様《あざま》に言う。
カレシが気の毒だ。
男にとって、お姉ちゃんは冷たい感じのする女だと思う。
近づきにくく、ふられやすい。
頭がよくて、飽きっぽい。
最悪なことに悪気がない。
そんなお姉ちゃんに結婚なんてできるんだろうか。
適性ゼロだと思う。
これは身内の問題でもある。

辻森さんはプラスチックの道具箱と、ペンチと、黒い、楽器のケースみたいな箱を持ってきた。
プラスチックの道具箱にはリボンとテープが入っていた。黒いケースにはさまざまな太さのワイヤーが入っていた。

「こうしてね」

バラの花の根元のふくらんだところにワイヤーをすっと刺すと、まんなかまでひっぱって二つに折る。そして、緑色のテープで短い茎ごとくるくる巻いていく。

「これが一パーツ」

あっという間だった。

「造花みたい」

「ワイヤリングっていうんだ。持ったときに一番軽いしバリエーションも作れる」

「なんだか花がかわいそう」

「ちゃんと水揚げしてるから」

辻森さんはフリージアの花にワイヤーをひっかけて三回巻く。胴体が針金の花ができる。それを空の花瓶に差していく。

「ワイヤリングだけ自分でやってごらん」

「えー、もう？」

「何しに来たんだよ」

バラをそっとつまみあげる。ぷくっとしたところにワイヤーを刺すのは残酷だ。花の声がしたらいやだなと思う。

「そうそう」

花の代わりに辻森さんが言う。

「これ、どのくらい持つの？」

「明日の午後までかな」

「そんなに短いの」

「まあねえ」

辻森さんは私の三倍のスピードでパーツを作っていく。


辰也はそもそも、私が辰也の名前を知っていることを知らない。

辰也はうそつきだ。偽名を使っている。

郵便局員のくせに税理士だとか言ってる。

でも、週に二回は辰也とエッチしてる。

ときどき辰也はほかのオンナで汚れている。

そんなのすぐわかる。

私は私で辰也を汚してやる。

そして困らせる。

どうしてもう帰っちゃうの、友達んとこ泊まるって言ってきちゃったのにどうしたらいいの、次の土曜はあいてるの？　旅行行こうよ。

なんかむなしい。

それに途中でわかんなくなる。

好きだから困らせたいのか、困らせたいから会ってるのか。

でも好きだ。ほかにオンナさえいなければもっと好きになれたと思う。

あれ。

なんで過去形使ってるんだろう。

作業しながら考えるからだ。

辻森さんが目の前にいるからだ。

辻森さんは、こう見えてたくさんの過去形を持っているはずだ。


「辻森さんてさ」

「なんだよ」

「妖怪に似てるよね」

やっと笑った。

にゅいーんと笑った。

「なに妖怪だよ」

「レイキャビクマン」

「なんだよそりゃあ」

また笑った。

「すごく冷たいの。人を凍死させちゃう」

あと、花を食べて生きてるの。

「ばーか、あったかいんだよ」

いきなり、ほっぺたが変形するほどべたーっと手を押しつけられた。

あったかい。

それに、がさがさしてる。

全然見た目と違った。

間違いを知るのがこんなに甘やかだなんて。

それは何十秒も何百秒も続くようだった。

ほんとに失神するかと思った。

辻森さんはグリーンにワイヤーをかけている。

私が辻森さんを見上げると、

「ピットスポルム」

まるでなにもなかったみたいに言う。

なにかあったとも思ってないんだろう。

オヤジっていやだな。

私はまだフリージアをやっている。

これが終わったらネリネだ。

終わりたくない。


家にいるとき、お姉ちゃんはお父さんとよく喋《しゃべ》る。

ニュースを見て、政治の話をしている。

何かの勉強をしているとき以外は、下にいる。

お母さんにはよく本をすすめている。お母さんはそんな本読まないけどはいはいと聞いている。

お姉ちゃんは本当はさびしがりやだ。
無責任なさびしがりや。

辻森さんは私にとって特別な人だ。
毎週月曜に花を買いに来るときでさえ、もっと会いたいと思う。
辻森さんと別れるまであと十五分、あと五分、あと三分っていつも数えてしまうのだ。

じゃあこれが愛かといえば、はっきりと愛じゃない。
辻森さんに会っていないとき、私はほとんど思い出さない。会いたくならない。
それに、愛されたくない。
必要もないのに愛されたりしたらいやだ。
私は辻森さんの愛や、欲望や、べたべたした暑苦しいさまざまなことを欲しない。
冷蔵庫みたいに部屋の隅でぶーんといっているだけならいいんだけれど。
そんなこと言えるはずがない。
だからこれは私のワガママであり、甘えであって愛ではない。

辰也にはもう少しだけ愛されたい。

もう少しだけでいい。

ほかのオンナと同じくらい愛されてみたい。

一度くらい。

そしたら、別れてあげてもいい。郵便局へおかえり、辰也。


「終わったね」

「うん」

「じゃあ、テーピング」

辻森さんは私のすぐ隣でグリーンのテープを手にとる。私は顎《あご》で指されてあわてて、同じようにテープを持つ。

「伸びるとべたべたする仕組み」

変な仕組み。

針金の刺さった花にテープを巻きつけていくと造花の茎ができあがる。

「なんでワイヤーなの？」

「それは後でわかります」

どんどん作る。つぎつぎ巻いていく。

昔、もしも私たちが本当の姉妹じゃなかったらいいのになと言った。
お姉ちゃんは色が黒いし、私は色が白い。
声も似ていないし、顔も似ていない。性格も似ていない。
だからそう言った。
夏休みの家族旅行のときだった。大浴場でお風呂《ふろ》につかっているときに言った。
お姉ちゃんはバカじゃないの、と言ってお湯をはねかした。
私はお母さんに叱《しか》られた。そんなこと言うもんじゃありません。
なにもお母さんの貞節を疑ったわけじゃない。そんなつもりじゃなかった。
ただ、そういうのって面白いと思ったから。
例えば辻森さんが、私の本当のお兄ちゃんだったら面白い。
何かの事情でうちの両親が花屋の店先に長男を捨てた。
でも浮かばないな、赤ちゃんのときの辻森さん。
球根の方がイメージしやすい。
捨てられた球根から長身の辻森さんが生えてきた。

「お姉さんってどんなひと？」

「なんかだらしないの。アタマよくて、留学とかもして、資格とかいっぱい持ってるくせに何やっても長続きしなくてさ」

「留学かあ、いいなあ」

「でも途中で帰ってきちゃったりするんだよ。あと向こうで同棲《どうせい》したり」

「俺、通訳になりたかったんだよね」

「へえー」

「でも英検二級までだったな。留学とか憧《あこが》れたなあ」

「なんで通訳になりたかったの？」

「そりゃ、来日するミュージシャンと話したかったからだよ」

「へえ」

「ストーンズなんか、最初で最後の来日って言われてたんだ」

「いつ」

「俺が学生のとき」

「今年も来たよね」

「そう。俺はなんであんな人脈駆使して高いチケット手に入れたんだか」

「そうなんだ」

もっと話したいと思っても、アルバムも曲名も浮かばない。くやしいけど限界を感じる。

「辻森さんって趣味はなに？」

「……写真、かなあ」

「花の写真？」

「いや、いろいろ」

手を動かしながら話すのって楽しい。

返事がそっけなくても楽しい。

お客で来ているとき、話しているのはなんか仕事の邪魔みたいで気がせくけれど、今は辻森さんを独占できる。

「お姉ちゃん、ほんとに結婚して大丈夫なのかな」

「大丈夫そうじゃない結婚ほど長持ちするもんだよ」

「辻森さんは結婚したことある？」

「さあ、どうでしょう」

絶対教えてくれないんだ、このひとは。

きっとあるな。

でも今はひとりだ。多分。

ひとりで、このビルの屋上のペントハウスに住んでいる。

夏は暑くて冬は寒い。

洗濯物がよく乾く。

そして緑がいっぱい。


お姉ちゃんは、デートするのが面倒くさくなったから結婚するのだと言った。一回一回予定を合わせて会うのではなく、家に帰れば会えることが前提だから。

「つまり、次元が違うのよ」

お姉ちゃんは眉《まゆ》をぴくん、と上げて言った。

私が、n次元への移行ですかと揶揄《やゆ》したら、熱っぽく頷《うなず》いた。

「しかも、そのn次元には、出会ったときには存在しなかった生命体が存在する」

私にはよくわからない。生命体とか言われちゃう赤ちゃんの立場が。そうなったら私もしあわせなんだろうなとは思うけれど、よくわからない。共感できない。

首狩りされた花と葉っぱが全部パーツになって花瓶に入った。

「さて問題はここからです」

「辻森さん」

「ん？」

「クッキー食べない？」

「そんな暇ないよ。ブーケは時間勝負なんだから」

「はぁい」

「持田《もちだ》ちゃんが一番好きなバラをひとつ選んで」

私が一輪、手に取ると、辻森さんは品定めするようにくるくるとまわして、ワイヤーをくいっと折る。

「ブーケの直径が二十センチ。これが中心になる花ね」

まず中心を決めてそれから十字になるようにパーツを十センチくらいのところで折っていく。

「左手でしっかりジョイント点を押さえて」

折ったところをジョイント点と言う。

バラの間にフリージアを入れ、ピットスポルムを入れ、ネリネを配置していく。
私のジョイント点はすぐにずれてしまって、辻森さんに直される。
やんわりとしているようで、毅然《きぜん》としている。
このままずっと直してほしい。
私の間違ったことを全部手にとって直して私の手に返してほしい。
でも、辻森さんがそんなにつきあいがよくないことは知っている。
「ここからは持田ちゃんのセンスね」
辻森さんは奥に入ってペリエの瓶を持ってきて、腰を下ろすと栓をひねった。
クッキーは食べないって言ったくせに。
「別にビール飲んでもいいのに」
「店には置いてないのよ」
悲しそうな声を出す。
私は辻森さんの視線を感じながら、次のバラをどこに入れようか思案する。
花一輪で全体の印象がばらけたり、まとまったりする。
だんだん左手に持った束が重くなってくる。ブーケらしくなってきたかな。
面白い。

面白いけど大変だ。

学生の頃だけど、お姉ちゃんにすまないことをして、それがいつまでも忘れられない。

お姉ちゃんがくれたフランス土産《みやげ》をすぐ捨てた。

ソルボンヌ大学のTシャツ三色セット。

色も柄も、えーっそれってちょっと……という感じで、サイズもだぶだぶすぎた。

私は月曜の朝、お姉ちゃんの目を盗んでゴミバケツに三枚のTシャツを捨てた。

お姉ちゃんの前で一度も着てあげなかった。

だから私は、ほんとうはお姉ちゃんにプレゼントをあげるのにふさわしくない。

このブーケが目の前で捨てられても何も言えない。

そんなことがあったら、どんなに悲しいだろう。

「あ、俺ブトニア作ろう」

辻森さんはそう言うと立ち上がった。

「ブトニアって?」

「新郎が胸に挿《さ》す花のこと」

「あれブトニアっていうんだ」

「あのね、昔は結婚を申し込むときに男が花束を持って行ったのよ。それでオッケーだと女が花束から一輪抜いて男の胸に挿すの」

「じゃあブーケとおそろいなの？」

「そういうこと」

私がブーケを作っている横で、辻森さんが小さなブトニアを手早く作る。

一緒に、違うことをするのは楽しい。

こんなことが、きっと最初で最後で終わってしまうのが悲しい。

お姉ちゃんの結婚相手、義一郎《ぎいちろう》さんは小柄なマッチョだ。

マッチョというだけで、頭が悪いような偏見を私は持っていたがそんなことないみたい。

趣味は格闘技観戦だと言った。昔はやんちゃだったと言った。

お姉ちゃんとは全然違う。

それだけでもちょっと救いがある。

仕事は家具やカーテンの通販をやっているらしい。

「でも僕、ほとんど倉庫番ですから」

と、顔をくしゃくしゃにして笑った。

このくしゃくしゃにやられたに違いない。

赤ちゃんができたときにも、このくしゃくしゃをやったに違いない。

お姉ちゃんはともかく、義一郎さんはいい父親になりそうな顔をしている。

そして、初めて家に来た日から家族の一員のような顔をしている。

お姉ちゃんが見てきた世界にはこんなタイプがいなかったのだと思う。

なかなかいいんじゃない、と思った。

問題はお姉ちゃんだ。

お姉ちゃんの気がいつものように変わりさえしなければ。

私たち家族は本当に辟易《へきえき》しているのだ。

突然外国人を連れてきたこともあったし、大阪で同棲を始める、と宣言して一ヶ月もたたないうちに何もかも放り出してしまったこともあった。

ウチの親は私にはずけずけ言うくせに、お姉ちゃんには遠慮している。

頭のいい娘だからだ。

かなわないし、意志を曲げないからだ。

だから、お姉ちゃんの首に鈴をつけるのはいつも私の役目だった。

ガラックスの葉で裏打ちをして、やっと、ラウンドブーケらしきものができあがったときには私は疲れきっていた。

辻森さんはいじくりまわし、直しまくって形を整えた。

「座っていいよ」

私の疲れた顔を見て笑って、折畳み椅子《いす》をこっちにまわしてくれた。

「うん」

見ている前で辻森さんはハンドルにテープを巻き付け、その上から白いリボンを巻いていく。途端に花嫁っぽくなった。

やさしいブーケだ。

ネリネが白いレースみたいに華やかで。

お姉ちゃんのドレスと似合うんだろうなあ。

お嫁に行くって、ちょっとさびしいことだ。

「ちょっと持ってて。バックボウ作るから」

辻森さんは白い梨子地《なしじ》のリボンをすごい勢いで巻いて、できあがったブーケに結びつけてくれた。

本当に大丈夫なの？　お姉ちゃんだけの問題じゃないのよ、子供のことがあるんだから。いつもみたいな気持ちだったら考え直した方がいいかもしれないよ。義一郎さんとほんとにうまくやっていけるの？　うまくっていうのは半年とか一年とかじゃないのよ。わかってるのお姉ちゃん。今までみたいな失敗をこれからもしないって自分と家族に約束できるの？　またしょうがないって言って実家に帰って来たりしないってちゃんと決心してるの？　それより今までの自分と今の自分が本当に違うの？　タバコもちゃんとやめてよ赤ちゃんのことあるんだから。

私は近所のファミレスにお姉ちゃんを連れ出してこんこんと説教をした。

お姉ちゃんはずっと黙っていた。

逆ギレするのかなと思ったけれどしなかった。

「出ようよ」

と、お姉ちゃんは言った。

私が勘定を払っている間に、お姉ちゃんは店を出てどんどん歩いて行く。

「どこ行くの？」

私は走って後を追う。お姉ちゃんは足が速いのだ。

「ねえ、どこ行くの？」

お姉ちゃんはちょっと笑ったようだった。

小学校の塀に沿って歩く。もうすぐここは桜のアーチになる。

通りを渡る。町名が変わる。

お姉ちゃんはそれでも平気で歩いている。

ジャングルジムのある公園。

もう少し行くと図書館。

このへんまでなら自転車で来たことがある。

その手前でお姉ちゃんは道を曲がった。

「なにがあるの？」

お姉ちゃんはパン屋前で立ち止まり、向かいのマンションを指さした。

「新居。ここの四階」

「こんな近いの？」

違う。こんな近くに借りたんだ。わざわざ。

一応、両親のことを考えたんだ。

こんな姉でも。

ひょっとしたら私のことも考えに入っていたのかもしれない。

なにかあったら、お互い手をさしのべあえる。

お母さんは孫を抱きに自転車をこいで行くだろう。

「どっか行っちゃうわけじゃないんだね」

私が言うと、

「どっか行っちゃうわけじゃないんだよ」

と、お姉ちゃんは笑った。

「でも、こっちが帰る場所になる」

「うん」

おかえりなさい、と義一郎さんに言うお姉ちゃんの姿が浮かんだ。

「それに、子供も私たちと一緒の小学校だよ」

「東大まで行かせるの？」

私が言うと、

「そんなことはどうでもいい」と、お姉ちゃんは言った。

「どうでもいいよね」

私はお姉ちゃんの横顔を見た。

「なんかお祝いさせて」

言いながら、くすぐったかった。

「ありがとう」

お姉ちゃんは四階を見上げて眩《まぶ》しそうに顔をゆがめた。


辻森さんは入念にブーケに霧を吹き、柔らかい和紙をかぶせてまた霧を吹き、セロファンをかぶせてホチキスで留めた。

それを大きな袋に入れてくれた。

ありがとうを言わなきゃ。

言ったら、この二度とない夜が終わってしまう。

もっともっと辻森さんと会っていたいのに。

「後片づけは俺やるから。早く帰りな」

やさしい声で辻森さんが言った。

「辻森さんてさ」

「ん？」

「ペントハウスに住んでそう」

「えっ？　俺いつそんなこと言った？」

辻森さんが大きな声を出した。

当たってたのでびっくりしたのは私だった。

「ううん、ただそう思っただけ」

「気持ち悪い女だなおまえ」

呆《あき》れたように辻森さんは言った。

「おまえ」になった私はブーケの入った袋を大事に持って、裏口で大きな声でありがとうを言った。

それから、思い出してカウンターに戻って夕方焼いたクッキーの紙包みを置いた。

夜が閉じる前、時間はひどくゆるやかになる。

辻森さんは「月曜日」と言って手をあげた。

back to zero

バック・トゥ・ゼロ

夕刻、やっと街が静かになってくる。彼は窓を開けて深く息をつく。三日月がやや北寄りに滑り落ちていくのを見る。日の長いこの時期は苦手だ。どうしても動き出すのが遅くなる。

会社に行かなくなって三ヶ月過ぎた。銀行の残高を気にし始めてからは、もうずいぶん長い時間がたったような気がする。バッテリーが上がるといけないから車のエンジンはかけるけれど、ガソリン代もバカにならないのであまり遠出もできない。馴染《なじ》みの飲み屋に顔を出すこともなくなって、世間とすっかり離れてしまったような気持ちになった。どのみち、世間なんてうそっぱちだらけだ。

いつになったら大人になれるのだろう。このままじゃいけない、と思いながら、誰かにメールすることさえ億劫《おっくう》になった。書けるような近況がなにもない。いや、一つだけあった。人に話しても仕方ないことだが、飼っていたカメが行方不明になった。

アパートの敷地内はもちろん、街路樹の根元や、公園や、あちこち探し回ったけれど結局見つからない。一ヶ月以上たってとうとう諦《あきら》めて、観察日記を書いていたブログは閉じた。どうせ反響もないだろうと思っていたら、退院して実家で療養生活を送っている友人の神原美雪から、

「きっとバニラちゃんは、パートナーが見つかって駆け落ちしたんだよ。でもブログ見る楽しみがなくなっちゃって残念」

と、メールが入った。彼は返事を出さなかった。


電話が鳴った。

こんな音量だったのか、と彼は思った。それよりこの電話、生きてたんだな。かけてきたのは辻森さんだった。その前に電話してきたのも多分このおっさんだった。

「どうも」

何日も喋《しやべ》ってないせいか、口がうまく動かないような気がする。

「遠井ちゃん、相変わらずひきこもってんの？」

「ええ……」

「来週さ、金、土、日で写真展やるから見においでよ」

「例のですか」

「そ、いつもと同じ。来る？」

「あ、はい行きます」

反射的に答えた。辻森さんの誘いを、そう言えば彼は断ったことがない。

「メールだと、君、来ないと思ってさ」

楽しそうに、見透かしたように言う。

「どこでやるんですか」

「『あひる坂』だよ。前と同じ」

「目黒でしたっけ」

「そ。夕方は六時まで。そのあと飯でも奢《おご》ってあげるよ」

「すんません、いつも」

「いーえ、おれはいつも飯食べる相手探してるからさ」

辻森さんが飯を食べる相手を探している、というのは本当のことだ。胃を切ってしまってふつうの人の三分の一しかないから、一日に少量ずつ、五回も食べる。一日何度も食べるのはやはり億劫だし、人と一緒に食べれば、おかずを残さなくて済む、というのが辻森さんの言い分だ。アルコールは平気らしい。いつもビールばかり飲んでいる。

辻森さんは中目黒で花屋をやっている。遠井が知り合ったのは、まだ新聞社で、社会部の記者をしていた時代だった。辻森さんは胃ガンで、遠井はポリープで、同じ部屋に入院していた。ちょうど年が一回り上になる辻森さんはいつも兄貴分のような顔をして、やれタバコ吸いに行くぞだの、やれ売店に行くぞだのと言って遠井を病室から連れ出した。そして、いつも二人はナースの噂話《うわさばなし》をした。そんなに動き回って本当に大丈夫なんですか、と遠井が聞くと、辻森さんは、もーおれって元気で元気で困っちゃうよね、と笑ったが、退院して何ヶ月かたって外来で再び会ったときに、本当はガンの転移が怖くて仕方がなかったのだと言った。今だって怖い。ほんと、死ぬって怖いよ、と辻森さんは言った。そのとき、遠井ははじめて辻森さんのことを信用した。

金曜日は雨だった。いつもと変わらない時間、午後遅くに起きてテレビを見ているうちに夜になった。

土曜日、出かけようと思ったらまともなシャツが一枚もなかった。仕方がないから洗濯をした。ロシア民謡の「一週間」みたいだ、と思った。

日曜日も例によってぐずぐずしていて、結局川越を出るのが遅くなってしまった。道は途中までは快調だったが、山手通りに入ってから混んできた。目黒通りに出たのは六時半近かった。

間に合わなかった、と思って、遠井は急にまた、のろまな気分になった。何もしないで、何も見ないでこれから来た道を川越まで帰るというのがとてもくだらないことに思われた。

とりあえず、「ギャラリーあひる坂」の入っている家具屋の前に車を停《と》めて電話をすると、着信音の鳴る電話を手にした辻森さんが下りてきて、

「来たな赤いカマロ」

と言った。そして笑いながらボンネットの上にたまった埃《ほこり》を指でなぞった。

「なんて書いてほしい？」

「やめて下さいよ」

辻森さんは、遅刻魔、と書いた。

「すみません、遅れて」

「搬出は七時からだから時間はあるさ」

「道が、混んでて」

「そのいいわけは君が家を出た時間にもよるな」

「すみません」

「まあせっかく来たんだから見ていきなよ」

「はい」

辻森さんのあとに続いて遠井は家具屋に入り、厚みのある無垢《むく》の板を使ったテーブルや、微妙な反対色を使ったソファの間を通って三階のギャラリーへの階段を昇った。

辻森さんは、写真をちょうど壁から外しはじめたところだった。

遠井は、床にじかに座って、壁から外された写真を一枚一枚見ていった。

写真はモノクロで、全てが女性のヌードだった。これは毎回同じだ。構図はさまざまで、英字新聞を覗《のぞ》き込んでいるもの、鏡に向かった後ろ姿、遠景で背伸びをしているもの、など、どちらかと言えばモデルが好んでポーズを決めているようだった。共通していることは一つとして笑顔がないことだ。エロティシズムもない。正面を向いているものも、カメラよりもずっと遠くを見ているようだし、カメラの方を向いていないものの方が多い。あからさまな怒りの表情を浮かべた横顔さえあった。

ライフワーク、という言葉が遠井の頭に浮かぶ。豊かな言葉だ。自分には縁のない言葉だ。

「これで最後」

四枚のパネルを無造作に束ねて辻森さんが持ってきた。そのうちの一枚を見たとき、遠井は息が止まりそうになった。

正面を向いてエレクトリックギターを弾いている裸の女だった。ギターの位置は低く、へその下から足の付け根までがうまく隠れている。軽くうつむき加減にネックの方を向いたその顔は間違えようもなかった。

辻森さんは受付のテーブルのクロスを畳んでいる。

こんなところで熊井を見るとは思わなかった。間違いない、熊井望、高校の頃一緒にバンドをやってた。遠井は、その鎖骨を、高い腰を、細長い脚を凝視した。動悸《どうき》が強くなった。汗ばむ自分を感じた。

自分の異変を辻森さんに悟られたくなかった。あと何秒、これを見ることができるのか。あと何秒で、いつもの自分に戻れるのか。

辻森さんは後ろを向いて首筋をぼりぼりかいている。それから「よっこらせ」と言って受付のテーブルを運び始めた。

「辻森さん」

彼が戻ってきたところで、言葉が胸に詰まっていないか、警戒しながら遠井は言った。

「ん？」

「全部見せてもらいました。ありがとうございます」

「こちらこそ見てくれてありがと」

「これ、どうしたらいいですか」

「プチプチで梱包《こんぽう》すんの。手伝ってよ」

搬出が終わって遠井が汗を拭《ぬぐ》っていると、辻森さんが言った。

「おれちょっと、家具屋に挨拶《あいさつ》してくるから、裏の店で待ってて」

「裏の店って」

「すぐ裏にさ、『黒板屋』って店がある。適当になんか飲み食いしててよ」

「大丈夫なんですか」

「すぐ行くからさ」

「黒板屋」はカウンターと、四人掛けのテーブルが二つだけの小さな店だった。テーブルに一人座ってウーロン茶を飲みながら遠井はまだ、動揺していた。辻森さんが来る前になんとか頭を冷やさなければ、と思った。いくらでも疑問は湧《わ》いてくる。

熊井はどうして脱ぐって言ったんだろう。どうやって説得されたんだろう。どういうふうに脱いだんだろう。黙って脱いだのだろうか。なにか会話を交わしながら脱いだんだろうか。

会話だけだっただろうか。本当に辻森さんは熊井の体に触れていないのだろうか。あの写真の中で、熊井よりもきれいな子はいくらでもいた。今までだってずっと辻森さんは裸の女の写真を撮《と》ってきた。なにかあると思う方がおかしい。

でも、なにかに魅《ひ》かれたから撮ったんだ。熊井のなにかが、俺《おれ》に見えないなにかが辻森さんには見えたんだ。俺の見えないところで交わされた時間が確かにある。それが、形になって残っている。

ねたましいのだ。熊井が辻森さんにとってどうでもいいとしても、或《ある》いはどうでもよくないとしても。

熊井は辻森さんに魅かれたんだろうか。そりゃそうだろう。嫌いだったら写真なんか撮らせないはずだ。

遠井は思わず頭を振った。
嫉妬《しっと》している自分を辻森さんに見られたくない。黙って帰りたい気分だ。でも、それじゃ辻森さんに悪い。今の自分にとって辻森さんは、ドアのない部屋のたった一つの窓のような存在だ。いや、ドアはある、内側からしか開かないだけで。もういい加減自分から外に出ていかなければいけない。辻森さんはときどき説教くさくなったり、ときどき俺のことを面白がったりしながら、でもしぶしぶ開けた窓越しに俺とつき合ってくれる唯一の友人だ。

それが熊井となんて。

こんなことなら、気がつかなければよかった。間に合わなければよかった。そうだ、家を出なければよかったんだ。いつも通り、夜中になるまで家の中にいればよかったんだ。そうしたら熊井の裸なんか見ないで済んだ。

だけど一体。

どうしてあいつが、脱ぐなんて決めたんだろう。

恋人だったことなんて一度もないんだ。触れたことだって殆《ほとん》どない。大学生のふりをしてみんなで飲みに行った帰りに二人きりになって、手をつないで歩いたことがある。たった一度だけ。何も喋らなかった、ただやみくもに歩き回った。駅を避け、人通りを避けて歩いた。あの頃、今よりもずっと夜は深くて長かった。信号もネオンもくすんでいなかった。俺たちはずっと先の夜を見ていたし、ずっと先の夜は華やいでいると信じていた。俺とあいつは、あらゆる意味で仲が良かった。

放課後にスタジオが取れなかったときなんかは、歩道橋でブルースのアドリブをやった。青梅街道《おうめかいどう》とか、カリヨン橋とかで。そう、俺はあいつのことテディなんて呼んでたな。彼女がアコースティックを弾いて、俺はでたらめに歌った。今でもちょっとは覚えてる。

こんな歌だった。

おれの未来はブルースだったよ
おれの未来はどん底だったよ
おまえのことなんか忘れちまったよ
呪《のろ》い呪われ流れちまったよ

おそろしい歌を歌ったもんだ。おれは言霊《ことだま》にやられちまったんだな。あれは予言の歌だった。

あいつは俺のことなんてもう忘れちまってるだろう。覚えていたとしたってそんなこと昔のことじゃないか。昔の俺じゃないか。

新聞社に入社したときは相当いい気になってた。親も満足してたし、俺も自分に満足してると思ってた。だけど、会社のまわりの奴《やつ》らはもっといい気になってた。不景気だったというのに、四十になっても五十になってもバブルが抜けないような奴ら、そんなのがうようよいた。なんていうのか、特権意識っていうのか。デスクは「おれたちの仕事は激務なんだから、高収入は当たり前だ」と言ってたっけ。「魂で記事を書け」とかさ。たわごと言うなって俺は思った。俺はそういうことにいちいち反発した。新聞記者が知識人だなんていう風潮がどうしても社内にあって、俺にはなじめなかった。サツ回りでも取材でもしてればわかるじゃないか、世の中に激務なんて掃いて捨てるほどある。

デスクとケンカして辞めたあとの俺はみじめだった。

名前も知らない会社に履歴書を持って行って、安月給で採用された。入ってみたらとんでもない会社だった。インターネットを使って金を転がした。株も転がした。人材も転がし、学校経営や政治家の資金にまで会社は関わっていた。汚い、本当に汚い仕事だった。モチベーションなんてすぐに底をついた。会社が業績を伸ばすほど精神的な赤字がどんどん累積していった。いつも疲れていて、毎日眠れなかった。結局、最後は会社に行けなくなっちまった。専務から二、三回電話があったがそれも途絶えた。

それからが、今の俺。

今の俺なんか誰にも合わせる顔がないよ。

「ごめんごめん、待たせた」

辻森さんが大きな声を出して入ってきた。

「いえいえ」

「なんだ飲んでないんだ」

「一応、車だし」

「ふんふん、まだ帰るつもりがあるんだ。まあ何でも頼みなさい」

いつもだったら辻森さんの、花屋の屋上にある家に泊まっている。でも、今日は帰りたかった。帰って、あの映像を一人で思い出したかった。

「どの写真がよかった?」

辻森さんが言う。いつものことだ、びびることじゃない、と遠井は思う。

「えっと」

「じゃあベスト3でもいいよ」

「う―ん、植木鉢で顔隠してるやつかな、あとは鏡のやつ」

覚えてるのを片っ端から言った。

「あとは」

「あんまり覚えてないや。その二つがよかったから」

本当に覚えてない。頭が真っ白になったんだ。

辻森さんは、お通しのねぎぬたをぱくっと口に入れ、遠井の顔を嫌になるほど見ながら咀嚼《そしゃく》していたが、噛《か》み飽きたようにビールで飲み込むと、

「全部嘘《うそ》」

と、言った。遠井は、ははは、と笑った。このおっさん、ほんと食えねえやつ。

遠井は写真から話をそらしたかった。

「辻森さんが俺くらいのときって、何してたの？」

辻森さんは、あくびと一緒に、

「れんあい」と言った。

「へえー」

「だいれんあい。聞きたい？　聞きたい？」

「いやいいです」

「胃を切る前の話だけどね」

「切ってなんか変わりました？」

「んー、まあね」

それ以上言わない。やっぱり喪失するものってあるんだろうか。辻森さんに今は彼女はいるんだろうか。

「辻森さんてずっと独身？」

「違うよ。前に一度結婚してた」

「そうなんだ」

「逃げられたけどね」

確かに、それらしい女性は病院には見舞いに来なかった。

「ほんとに？」

「外国行っちゃった。で、帰ってきてすぐに別の人と結婚するから別れて下さいってさ」

「日本人と？」

「うん、日本人」

「子供、とかは」

「いないよ。いればまた違っただろうけど」

「なんで辻森さんと離婚したんだろ」

「エッチが下手《へた》だから？」

笑っちゃいけないと思うけれど遠井は笑ってしまう。

「下手なんですか？」

「んな相対的なこと自分でわかるわけないだろ」

辻森さんも苦笑いする。

辻森さんがなんで熊井と知り合ったかはわかるよ、辻森さんはあちこちのホールに花を届けてる。ライブがはねた後の楽屋に出入りしている。いつだっけ、元アイドルのヌードを撮ったことだってあった。それは、ちょっとした話題になったらしかった。だから偶然辻森さんは熊井と会ったんだ、そんなことは意外でもなんでもない。そりゃちょっとは驚くし、あいつがまだステージに立っていたなんて俺は想像したこともなかったけど。家に帰ったらあいつの名前を検索してみなきゃ。だけど、あれ以上のものは絶対に出てこないだろう。だって、裸だったんだ。

あの写真。もう、頭の中ではぶれている。うまく思い出せない。もう一度見たい。でも、そんなこと言えるわけないだろ。


「最初に会ってどのくらいで写真撮るんですか」

「それぞれだね。三時間の子もいれば、二週間かかる子もいるよ」

「そんなもんなんだ」

「そうだよ。あんまし長いと口説いてると勘違いされる。それはお互い不幸だからね」

別にそんな出会いがあったっていいじゃないかと遠井は思う。大体花屋なんかやってるから、辻森さんはもてるってことに対して無頓着《むとんちゃく》なんだと思う。

「でも口説くんでしょう」

「写真は見せるけど、脱いで下さいとは言わないよ」

「え、じゃあみんな自分から……」

「そう、撮って下さいって言う。不思議だよね、女って」

「羨《うらや》ましいな」

嘘だ。熊井が自分から撮って下さいなんて言うもんか。あいつは自分からは物も言わないような女だ。特別に人見知りが激しいんだ。

「遠井ちゃん、なんか勘ぐってるでしょ」

「いえ」

「おれ、撮った子としたことないからね」

「そんなこと思ってないですけど」

「撮ったら終わり。だってただの裸じゃん」

「そりゃそうですよね」

「ちょっとタバコ買ってくる」

*

小糠雨《こぬかあめ》が降っていた。

ふらりと店の外に出て、辻森慶一《けいいち》は頭の中で呟《つぶや》いた。

ところがただの裸じゃない裸だってあるんだ、脇腹《わきばら》に大きなデビルが彫ってある裸だよ。おれはあいつを誰にも見せたくなかったからそうしたんだが、結局裏目に出たってことだ。ムダだったなあ。おれは学んだよ。「大事な物には名前を書くな」って。でも、今だって隠れたところにタトゥーのある女を探して写真撮ってるんだ。タトゥーのある子は絶対、写真展なんかに出さない。もう戻れないのに未練がましいよな。すとん、と落ちてきたショートピースをポケットに入れて店に戻る。ふと妙な気分になった。

今日の遠井ちゃん、ちょっと変だよなあ。

でも、携帯は重くないんだよなあ。

「まだ食っていいですか」

遠井が聞く。

「おれが飲んでる間はずっと食ってなさい」

そう言うと、遠井の表情が少し和らぐ。厚焼き卵と、ゲソ焼きと、ピーマン肉詰め。

「で、車はいつ売っぱらうの？」

「えっ」

「だって貧乏してんのに、あんな燃費の悪いアメ車持つ必要ないだろ」

遠井の顔がみるみる赤くなる。怒ってもいいぞ。挑発してんだから、辻森は腹の中で笑う。

「だって、俺、川越だし」

「電車で十分でしょうが」

多分、この手のことを女から言われたら遠井ちゃん、憤然として帰っちゃうんだろうなあ。もちろんおれだってスポーツカーに乗るような女にはそんなことは言わない。

「今、車手放したら、もう二度と買えないような気がするんですよ」

「またまた大げさな」

「まじですって。確かに、維持すんのはきついけど」

若いなあ。こいつら、三十歳から後の人生なんて真っ白だもんなあ。四十になってフェラーリ買ったって五十になってヘリ買ったっていいんだよ。ああ若い若い。いやだいやだ。年だ年だ。

「車検っていつよ」

「今年の秋……」

やっぱり、それか。それがひっかかってるのか。

「カマロじゃ相当かかるだろ」

「まあ……」

「じゃあ廃車だ。車やめてエコやろーぜ」

「バカにしないで下さい」

遠井はぴしゃりと言った。

「怒った？」

「いや、辻森さんに怒ってるんじゃなくて……でも車検は、通します」

いいから飲めよ。と、辻森が思うのと同時に、

「すみません、今日泊まっていいですか」

と、遠井が聞いた。そして返事も聞かずに二合徳利を注文した。

遠井は飲みながら、弟のことを話している。どこかで仲違《なかたが》いした弟と仲直りしなければならないだろうと、一度実家にも帰ろうかと、そんなたわいもない話だ。

酔いが回ってきた。

辻森はタバコを吸いながら遠井のことを横目で見ている。三十にしてはちょっと老けて見えるが、前より良くなってきている、と思う。自覚してるかどうかはわからないが、前には死にかけたことがあったはずだ。たまたま偶然運がよくて助かってる。おれは花屋であって占い師じゃない。だけどな、おれの携帯は怖いぜ。機種がどうのとかいう問題じゃない。今までに三人死んでる。ときどきおれの携帯はポケットの中で鉄アレイみたいな重さになるんだ。そうすると海外旅行に行ってた友達がマラリアで死んだり、ちょっと前まで会ってた女の子が自殺したり、いとこが踏切事故にあったりする。

ほんとは携帯じゃなくても起きるんだ。おれ霊感とかそういう気持ち悪いの大嫌いなのに、子供の頃からオフクロの火傷《やけど》とか、近所の家の火事とか予言しちゃってさ。ああ、未《いま》だに火事は嫌いだよ。花屋は水気が多いからいい仕事だ。

でもそんな恐ろしいことばっかわかるくせに、自分の奥さんの心変わりなんて全然気がつかないんだよな。むしろそっちを予感したかった。胃ガンのときだってもっと前もって判《わか》っとけよって感じだったよ。自分の運命はてんでわからない。

まあいいや。

今日の携帯は軽い。

遠井ちゃんだって、生きてりゃなんとでもなるだろう。

でもこいつ自身は、そうは思っていない。何が車検だ。ぶっちぎれよそんなもの。こいつなんておれから言わせりゃ思春期同然だ。無責任に進めよ。


「働かなきゃなあ」

遠井はそう言ってゲソ焼きを口に詰め込んだ。そのまんま、ださいスーツでも着せて新橋あたりに持っていけば頃合いのサラリーマンになりそうだ、と辻森は思う。ほんと、いけてないなあ。

「それ、五百回聞いた」

「すみません、でもほんと、思うんですよ。改心しなきゃって」

「改心?」

「うまく言えないけど……俺ずっとマイナスだから、一からやり直すっていうよりは、ゼロからやり直したいって」

ゼロに戻ること——遠井にそれが出来るかもしれないと感じた瞬間、辻森は羨望《せんぼう》を三分の一しかない胃の腑《ふ》に押し込んだ。食欲はもう今夜は戻ってこないだろう。飽きもせずにビールを飲みながら羨望ってやつは妙にもたれるな、と思った。

「殊勝《しゅしょう》だね。で、なんか探そうとはしてるわけ？」

「考えてます」

「どうせ堂々めぐりだろうが」

「ええ」

「おれは、方針として仕事のあっせんはしない」

「それも、五百回聞きました」

遠井が笑った。テーブル越しに手をのばしてきたので、辻森はタバコとライターを押しやった。

「なんだよ、毎回同じ話かよ。だめだな酔っ払いは」

遠井の徳利が空になったのを確認すると、辻森は勘定書きを持って席を立った。明日も市場に行かなければならない。花屋の朝は早いのだ。


「辻森さん」

静まり返った住宅街を歩きながら遠井が言った。

「へ」

「俺、熊井と知り合いなんです」

「ギターの熊井ちゃん？」

辻森は驚いて、その驚きの快さに笑い出した。

「おかしいですか」

遠井は硬い口調で言った。暗くてよく表情は見えないが、どうせまじめくさった顔をしてるんだろう。辻森はいや全然おかしくないよ、と言ったがまだ笑い続けていた。あの無愛想なギタリストとぐずな遠井の組み合わせは意外だったが、心底面白かった。

「ガキの頃ですけど」

「幼なじみ？」

「中学と、高校で」

おれさっき「思春期」って思わなかったっけ。そのことだったのか。やっぱりおれには何も判ってねえな。勘があるだけで説明がないんだなあ。

「今から連絡とってみよっか」

「いやっ、まずいっす。それ」

横断歩道の前で辻森は道の向こうのどこでもないところを見ていたが、

「確かに、久しぶりでいきなり裸見ましたじゃまずい」

と、言って赤信号に向かって歩き出した。

「辻森さん、最低だなあ」

「そう？」

「つまり、俺は」

遠井は区切るように言った。

「まだ、無職だから『久しぶり』って、言えないんすよ」

「ああ、そっちね、わかるわかる」

わかるわかる、と言いながら辻森は一体この二人をどうしたものかと考え始めた。

beast of burden

ビースト・オヴ・バーデン

ずっと探していたＴＴと会えたのは、楽屋に出入りしている花屋の辻森さんのおかげでした。実は、私は辻森さんがセッティングしてくれた浅草の店には入らなかったのです。時間よりかなり早めに行きました。でも、ちょっと店構えを見ただけで、高そうだな、と思って気後れがしてしまった。自分には似合わないしＴＴがこういう店に似合う人になっていたら、いやだな、と感じたのです。私はなんだかもう、どうでもよくなって（こういうのが私の一番悪いところなんだけれど）、水上バスで日の出桟橋まで行って帰ろうと思いました。夜の水上バスに乗ったことはなかったけれど、ビールを飲みながら隅田川を下って行くのは悪くないと思いました。ＴＴと会えるチャンスを目前にしてやる気をなくしてしまうのはばかげているのですが、そうかと言ってお店に戻る気もしなかった。

時間があったので、私は川を見ながら座っていました。そこでＴＴと会うなんて思ってもみなかった。声をかけられてびっくりしました。

TTもやっぱり早く着いて、たまたまそのあたりをぶらぶらしていたのでした。私はTTの顔をすっかり忘れてしまっている、と思っていたのですが、目が合った瞬間に、記憶が繋《つな》がって嬉《うれ》しくなりました。TTは昔よりがっちりして、少し疲れた顔をしていたけれど、もう思い出そうと努力しなくて済むと思いました。

それは初秋の、一番美しい時間でした。傾いた日が、全ての色を少しずつ変えて行く、光に照らされたものだけが残り、見たくないものがだんだんに色を失っていく瞬間でした。私たちは一緒に座って、たくさん話したいと思っていたのに、殆《ほとん》ど喋《しゃべ》ることがないことに戸惑っていました。かといって目を見るのも恥ずかしくてそっぽを向いてしまうのです。

「ずっとギターやってるんだってね」

TTが言いました。

「まだやってるよ」

「よかった。おまえ、上手《うま》いからな」

「ベースは？」

「全然弾いてない。実家に置きっぱなしだよ。もうずいぶん帰ってない」

しばらく黙っているとTTが、これからどうする？　と言いました。

「水上バスに乗って帰ろうかなって」

「辻森さんになんて言おう？」

「電話する。なんだか、店が窮屈そうだったから」

TTは朗らかに笑って、じゃあ俺《おれ》も水上バスで帰るよ、と言った。ちょっとビール買ってくる、そのまま待ってて。いい？　待ってて。

走って行くTTの後ろ姿を見ながら、ほんとうに見つかっちゃったんだ、と思いました。嬉しくはあったけれど、この先どうなるんだろう、とも思いました。いままでと同じでなくなることに不安がありました。TTだって私だってもちろん高校生の頃とは全然違う。お互いの違いをどう思うのだろう。

私は辻森さんに電話して、

「辻森さん、今日、ごめんなさい。理由は後で話します。ごめんなさい」

と言いました。

すると、辻森さんがげらげら笑い出しました。

「今さ、遠井ちゃんからもおんなじ電話があったよ」

顔から火が出るような思いでした。

水上バスに乗ると私たちは遠慮がちに空間をあけて並んで座って、ビールを飲みました。TTは饒舌《じょうぜつ》ではなかったけれど、機嫌がよさそうでした。私の方がむしろ不機嫌に見えたかもしれない。嬉しいときでもにこにこできないのです。でも、そんなことは高校生のときからそうだったし、TTだったら気にしなくてもいいのかな、と思ってぽつりぽつり、と近況などを話していました。水上バスは次から次へとライトアップされた大きな橋の下をくぐっていきます。TTは最近転職した、ということを話してくれました。

「きっかけはね、事故っちゃったことなんだ。相手の車が無理な右折しようとして俺の車に突っ込んできて。それで、もう廃車にするしかなかったんだけどさ、こんな話して退屈？」

「ううん、全然」

「ずっと大事にしてた車だったから腹も立ったけど、それなら自分で解体してやりたいなと思ったんだ。ちゃんとリサイクルされていくものと、鉄くずになるものを分けてね。それで、思い立ってハロワに行ってそういう仕事はないかって調べたら今のところを紹介してもらえたんだよ」

「整備工場？」

「いや、自動車解体業」

「ふうん」

「汚れるのはめちゃくちゃ汚れるけど、汚い仕事じゃないんだ」

「うん、わかるよ」

ＴＴがまだ、何か言い足りなさそうだったので、

「手を動かす仕事はいいよね」

と言うと、嬉しそうな顔になりました。

「俺、意外とツナギが似合うんだ」

「ツナギって何色？」

「青」


日の出桟橋から浜松町まで歩いて、居酒屋に入りました。明るい照明の下で向かい合うと照れ臭くて、まだ飲み始めたばかりのときから、別れる時間のことばかり思って、切なくて仕方ありませんでした。もっと近くに住んでいたらよかったのに、彼は川越に住んでいるのです。

「ここから川越って埼京線？」と聞くと、TTは笑って、

「池袋から東武東上線」と答えました。

TTの話から、独身であることはわかったけれど彼女がいるかどうかまでは聞けませんでした。そんなこと、聞けるわけないでしょう。あとでがっかりするのはいやだなと思いながら私はぼんやりしていました。

「熊井、もっと食えよ」

TTは言いました。

「おまえ、遠慮しいなんだから」

あとになって、TTは、その日の私のことを、なにか悲しそうだった、と言いました。私は別れる日のことまで考えてしまうから、男の人と出会ったときに悲しくなるのかもしれません。

おずおずと電話番号とアドレスの交換をして、その日は帰りました。家に帰って一人になった途端、激しい動悸《どうき》が私を襲いました。汚い部屋に住んで、男みたいな格好をしているのが急に恥ずかしくなりました。明日から部屋を片づけよう、と思いました。

それ以来、週に一度くらい、もう少したってからは毎日、電話やメールをするようになり（私はメールはとても苦手なのですが）、そのうち電話では飽き足らなくなり、私たちはぎこちなくつき合いはじめました。休みが合うときは家で料理を作ったり、一緒に眠ったり、たまにはライブを見に行ったり、ままごとのような時間を過ごしました。私が不定休なので休みがなかなか合わなくて、それで、一緒に住みたい、とどちらからともなく言い出しました。

結婚という話は出ませんでした。

二人とも、家族とは疎遠に暮らしているから、一緒に住むだけで十分だと思いました。ＴＴの勤め先は所沢で、私はどうしても都内に出なければ仕事ができないので、間を取って田無《たなし》で古いマンションを借りました。引越の日、荷物が一段落して、ＴＴがつないだばかりのコンポでかけたＣＤは、ストーンズの「Some Girls」でした。私たちが昔から一番好きだった曲は Beast of Burden でした。

おれはおまえのロバじゃないんだ

長いこと歩いて足だって痛い

ただ、おまえとやりたいだけなんだ

私たちもそんな気持ちでした。もう、これ以上重荷を背負って相手のために歩きたくはない——

もちろん、暮らし始めてみれば、いろいろ相手の気に入らないところは出てきます。連絡なしに遅く帰宅したり、ご飯の支度ができなかったり、何を家計費に含めるかでケンカをしたりもします。けれど、そんなことはどこの「家」でもあることだし、私も折り合っていこうと思っていました。たまに私が投げやりになっても、TTは支えてくれたし、逆にTTがだらしないところは、私がフォローしたり、なんとかうまくやっているつもりでした。実際のところ、結構やっていけるんだ、自分は人と住めるんだ、という自信のようなものもついてきました。

二年目の冬に、私は、気をつけていたつもりだったのに妊娠したことに気づきました。もちろん驚いたし、不安になりましたが、以前、自分がそうなると思っていたような違和感や拒否反応はありませんでした。あれほど医者嫌いだったのに、オフの日に産婦人科に行き、二ヶ月と言われたとき、はっきりと変化している自分を感じました。心配だったけれど、何も決められなかったけれど、自分の中にいるものが憎くはありませんでした。TTに早く話そう、と思ったのですが、どちらかの帰りが遅かったり、なんだかタイミングが摑《つか》めないまま数日が過ぎていきました。

彼宛《あて》の電話を取ってしまったのは、その時期でした。流すことはできなかった。自分でも思い掛けないほどつらかった。一度目は「間違えました」と切られた電話がもう一度かかってきたとき、その女性は言いました。

「遠井君、いないの？」

「あの、遠井はまだ仕事中なんで、携帯の方に……」

「あなた、誰？」

そっちこそ誰だと思うわけですが。

「同居している者です」

「遠井はそんなこと言ってなかったよ。友達なの？」

「友達じゃないですけど」

「まさか結婚してるわけじゃないでしょ」

「籍は、入れてないですけど」

どうしてバカ正直に誰だかわからない相手にそんなことを答えてしまうのだろう、と、我ながら情けなくなるのです。

「あの、お名前は」

「同居人に名乗る必要なんてないでしょ」

いや、電話をかけてきた以上、名乗る必要はあるんだけれど。誰なんですか、それを私が遠井に聞かなきゃいけないんですか。面倒くさい。

「どういうわけで、そんなことになったかわからないけど、よく言っとく。遠井には」

「………」

「あとね、遠井は気まぐれなんだから。昔から知ってるけど、あいつのことわかる女なんて殆どいないんだから」

誰だかわからないその女が受話器をがちゃんと置く音がする。そういえば、携帯ばかりになってから、こういうがちゃんは聞くことがなくなったな、と思って、またぼんやりしているうちにスタジオに行く時間になってしまうのでした。

次の日の夜、TTが珍しく早く帰って来て言いました。

「ごめん、昨日さ、神原から電話来てたんだよね」

「ああ、あの女のひと?」

顔には出しませんが、心がさっと曇《くも》ります。

「そうそう。ちょっと荒っぽい奴《やつ》」

「なんか、私のことで怒ってたみたいな」

「あ、そうだった？」

嬉しそうな顔を見て、気に入らないな、と思いました。

「大学の同級生でさ、病気になったり、ずいぶん苦労してきた奴なんだよ。俺も見舞いとか行ったりしたし。今も自宅療養してるけど、たまに会いに行くんだ。どうってわけじゃないけど、おまえのこと、話してないことを怒られたよ。悪い奴じゃないんだ。むしろ純粋っていうか」

自分だけがないがしろにされているようで、とてもいやな気分でした。例えば、私の仕事仲間の坂間が同じように彼に電話したなら、私はすぐさま出かけて行って坂間を殴りつけるでしょう。家には電話してくるな、と言うでしょう。なのに、いい気になりやがって。

「家の電話まで教えることないじゃん」

「だから友達だって言ってるだろ」

「どうだか」

「俺のこと疑ってるのか」

私はもっと大事な話をしたかったのに、こんなバカなことのために二人がケンカになるのが余計いやでした。でも、それ以上に私はイライラしていたのです。

「向こうにも私のことが言えなくて、私にも向こうのことが言えなかったわけだよね。言えないわけがあったんでしょ？　それをごまかしてきたなんて調子いいよ」

それでTTはむっとした顔で黙り込んでしまい、気がつくと私は、「ちょっと頭冷やしてくる」と言って、上着を取るなり外に飛び出していたのでした。

飛び出してしまってから、携帯と財布しか持っていないことに気がつきました。ギターも、着替えも、何も持っていません。でも明日仕事はない。少なくとも今日は帰らない。明日も帰るもんか。むしゃくしゃしていたので、新宿まで出て飲みました。酔っぱらって、オールナイトの映画館に行って、朝まで眠ったり起きたりしていました。

それから朝になって、マックでコーヒーをすすり、うじうじと考えてから、山手線に乗って高田の家を目指しました。高田はもうその頃は実家ではなく、大崎《おおさき》で一人暮らしをしていたので。

高田は驚いた顔もせずに、「おはよう」と言って、家に入れてくれました。

「寒いでしょ、外」

「うん」

「コーヒーか紅茶」

「紅茶」

なんだか、すごくほっとしました。

「ごめん、突然来ちゃって」

「大丈夫。私、紅茶飲んだら仕事行くけど、ゆっくりしてて」

どうして来たの？　と高田は問いませんでした。

「うん」

「あ、でも、休んじゃおうかな」

「だめだめ、仕事行きなよ」

「じゃあ、早退する。ちょっと考えてることがあるから。風邪《かぜ》引いたフリして帰ってくる。トースト食べる？」

「いらない」

高田が出かけると私は高田のベッドにもぐりこみました。清潔な匂《にお》いのするベッドの中で、どうしてこんなつまんないことになっちゃったんだろう、と考えました。自分が、空気のぬけかけた風船のようにつまらない存在だと思いました。少し眠って、それから起きて暖房を入れ、見る気もないのにテレビをつけました。

高田は、午後早い時間に帰ってくると、

「いやー、みんな私の仮病に騙《だま》されたよー」

と、高らかに言いました。

「よかったね」

「ねえ、遠くに行っちゃいたいとか思ってない？」

そんなこと、考えてもいなかったのでびっくりしました。

「別にそこまでは」

「だめだよ。二人で遠くに行こうよ。こんなときじゃないと行けない場所」

「どこ」

たしかに、この部屋はあまり広くないし、私がうだうだしていたら邪魔だろうな、と思いました。私はてっきり、高田に説得されて家に帰されるのだろうと思っていたので、彼女が張り切るのが不思議でなりませんでした。それを見透かしたかのように高田は、

「それとももうお家へ帰りたい？」

と聞き、私は慌てて首を振りました。

「親戚《しんせき》がね、働いてるの軽井沢で。で、冬だったらすいてるからいつでも割引で泊めてあげるって言われてたの。どう？　今から軽井沢」

「軽井沢？　今日何曜日？」

「今日は月曜日。私、火曜休みだから」

「あ、今の仕事ってそうなんだ」

「うん、だから行こう」

「お金、そんなないよ」

「大丈夫だよ」


眩《まぶ》しく晴れた東京から一時間半、軽井沢はうっすらと雪に覆われていました。そもそも、コンクリート打ちっぱなしの駅に降り立ったのは数人で、その人々も雪で汚れた迎えの車に乗って散っていきます。駅前であいているのは定食屋が一軒、あとはコンビニだけ。

風が吹いているわけでもないのに、やはり寒さの質が違うな、と思いました。東京の寒さが顔や手に冷たいとしたら、ここのは骨に届くような寒さ。

「なんか、からっぽの風呂《ふろ》の中みたいだね」

ホテルからの迎えの車を待ちながら、私が言うと、高田は、

「熊井って廃墟《はいきょ》好き？」と笑いました。

「わりとね。地方に行ったりするとドーナツ化してる街があって、わざとそういうところをぶらぶらするんだ」

ゴーストタウンが似合う女、というのはミュージシャンとしてどうなのだろう。

マイクロバスが迎えに来て、もちろん乗るのは私たちだけで、シャッターを閉ざした商店街から森の中へと向かいます。

「大した距離じゃないから、明日散歩しに来ようよ」

「誰も歩いてないよ」

「そりゃ、冬だもの」

それにしても、思ったよりずっと閑散としています。道はあるけれどまるで、誰も来たことがない場所のようです。

ホテルは別荘地の先の森の奥にありました。山荘をイメージした洋風の建物がライトアップされていて、外車ばかりが数台駐車場に停《と》まっていました。忙しさにかまけて何もないまま過ぎてしまったクリスマスのことを思い出しました。

広々としたツインの部屋に案内されると、高田は親戚の人を内線で呼び出してしばらく喋っていましたが、あとで会おうということになったようでした。

「ねえ、また来よう、ここ」

私は、手ぶらで来たので何もすることがなく、窓から小雪がちらつくのを見ながら言いました。

「何言ってんの来たばっかりなのに」

「うん。でもいいとこだね、生き物が少なくて」

「いい部屋とってもらえて良かった」

「ここって、何もしないでいいんだよね」

「一体、何するってのよここで。こんな寒いのに」

私は久しぶりに、本当に久しぶりに頰《ほほ》が緩むのを感じました。

ちょっと寝る、と高田に言うなりベッドに潜って、どれくらいの時間がたったのでしょう。携帯が鳴っていました。ＴＴからだ、と思って出るとそれは坂間でした。

「どしたの？」

「いや別に用事はないんだけどさ」

用がなければ電話なんかしてくんなよ。ちょっと私はため息をついたかもしれません。

「あれ聴いた？　アンディ・パートリッジのデモ六枚組」

「そんな変なもん聴かないよ」

「貸してやろうか、おもしれーぜ」

「いいよ別に」

私が電話を切ろうとすると、坂間が言いました。

「おまえさ、最近ちょっと元気ないじゃん」

「そんなことないよ」

「彼氏とうまくいってるのか？」

大きなお世話だよ、と思いますがいつものことです。

「うるさいな、いってるにきまってるじゃん」

「そっか。そんならいいんだ。なんかあったらなんでも相談しろよ」

誰があんたなんかに。

どうしてこの男はこういう、人の神経を逆なでするようなことばかり言うんだろう。

でも私はちょっと笑って言いました。

「禁煙の賭《か》け、またやんない？」

「なんでだよ」

「私、やめたんだ。今度は続くと思うよ」

じゃあ、と言って私は電話を切りました。

高田は読んでいた本から目をあげて、

「タバコ、やめたんだね」と言いました。

「妊娠したから」

その言葉は、思っていたよりずっと簡単に口をついて出ました。

「ほんと？　おめでとう！」

高田の嬉しそうな顔を見て、なんだか不思議な気持ちでした。自分がすごいことをしたわけでもないのに、おめでとうなんて。

「あんまり実感ないんだけどさ」

「そうなんだ。何ヶ月？」

「二ヶ月」

「体調とか、大丈夫なの」

「ツアーのときとかきつかったけど、今は平気」

「だめだよ、夜遊びしてちゃ」

「そうなんだよね」

なんだか、こんな会話をいつかどこかで聞いたことがあるような懐かしい気持ちがしました。

「体は大丈夫なんだけど、ちょっとイライラしちゃってさ」

「うん」

私が黙ると、高田はゆっくりと、言葉を選ぶように話し出しました。

熊井がお母さんになるって、すごい、信じられないくらい嬉しいなって思うよ。でもなんか、これは私が勝手に思うだけなんだけど、違う世界に行っちゃうんだなーみたいな気もするんだよね。だからって熊井が今と全然変わっちゃうとかじゃなくて……だって、街で見るベビーカー押してるお母さんたちと熊井のイメージって全然重ならないし。熊井は自分の世界を新しく作ってくんだよね……それって全然私とかにはわかんないもの。すごくよかったなって、本気で思うけど、なんかちょっとさびしいかな。

「私は変わんないよ」

そう言いながら、自分が自分の意志でなく動いていくような気がしました。時計を見ると食事の時間でした。私たちは部屋を出ました。


広くてきれいな食堂には、私たちのほかに一組しか座っていませんでした。ほんとうのオフシーズンなのだな、と思いました。

メニューを選んでいると、高田の親戚のおじさん（眼鏡《めがね》をかけて、蝶《ちょう》ネクタイをしたとても丁寧な人）が来て、ワインをサーブしてくれました。冬の軽井沢はね、冬にしか来ないお客さんばかりですよ、おじさんはそう言いました。もし、今回気に入ったなら、夏は来ない方がいいですよ。気に入らなかったら夏にいらっしゃい。おじさんがごゆっくり、と言って立ち去ったあと、アルコール、大丈夫？　と、高田は眉《まゆ》を一瞬ひそめましたが、少しにするから大丈夫、と答えました。

「遠井君とケンカでもしたの？」

メインの肉料理を下げてもらった後、高田は声をひそめて言いました。

「下らないことかもしれないんだけれど」

感じの悪い女性から電話が来て、それがきっかけでケンカになった、と言いました。

「遠井君、別に浮気してるわけじゃないんでしょ」

「友達だって言ってたけど、相手はもっと親しそうな感じで」

「信じてあげなよー」

高田はワインを飲んで言いました。

「でも熊井も今ふつうの体調じゃないんだから、それはわかってもらわないとねえ」

「まだ言ってないから」

「うそ、なんで言わないの」

「なんか、恥ずかしいし面倒くさいし」

言いながら、自分でもだめだなあと思いました。

「それ、あんたの悪い癖だよ。面倒くさがるの」

「そうかな」

「だって、これから子供産むんでしょ。いちいち面倒くさいなんて言ってられないよ。そうじゃない？」

「うん……」

そう言われてみると、いろいろなことがもっと面倒くさく思えてくるのでした。でも、先のことは先のこととして、ＴＴにはここにいることを連絡しないといけないなあ、と思いました。

翌朝、目を覚ますと、外は雪景色でした。私は眠っている高田を起こさないよう、そっと着替えて外に出ました。

道にも雪は積もっています。新しい轍《わだち》に沿って歩きます。自分を、いつか見た迷い犬のようだと思いました。

人の足音はしません。車もいない。なんの音もしない、たまに雪が「ばささ」と上から落ちてくる音だけ。別荘はどこも静まり返って、駐車場には鎖が張ってあります。誰も住んでいない街。

目をつぶって、立ちます。TTが後ろでくすくす笑っていたらどんなにいいだろう。そんなことが、明日あるかもしれないし、二度とないかもしれない。二度となかったら困るけれど、どうしていいかわからない。

また、歩きます。なんだか、ずっと前からこうして歩いているような気がしました。誰もいない別荘地は頭の後ろがキーンとするほど、音がありません。

やがて私は細い川に出ました。川沿いの道を歩きます。道には雪が降り積もり、足元がおぼつきません。転んだら大変だ、と思います。でも、気持ちがいいのです。寒さも殆ど感じません。東京にいたとき、ツアーに出ていたとき、あんなに気分が悪くて、あんなに不安だったのに今は何も怖くない。

森に守られている気がしたのです。長い生命を持った木々たちの奥には獣が冬の間ゆっくりと眠り、夏になれば昆虫と鳥たちが帰ってくるだろう、そう思いました。そして人間も。

私は、子供を産むだろう。昔から女たちがしてきたように。今こうして、私のことを不安にさせたり、体調や食べ物の好みを変えたりしている命を、私は育てたいと思うだろう。

私は立ち止まり、大きく息をつきました。

じゃあ、ギターは?

昔、別の人にそんなことを言ったなと思い出しました。仕事は休んだらいい。自分でも驚くほどさっぱりとそう思いました。

スタジオでできる小さな仕事を、子供が少し大きくなってからはじめてもいい。もし、そんな都合のいい仕事がみつからなくても、できることはなにかあるでしょう。

ギターの神様はきっとその頃もアメリカ中西部をツアーバスで回っているでしょう。なんだ戻ってきたのか、と言ってくれるでしょう。

今は、子供のこと、と思いました。

少しずつ、母親めいていく自分が、この森のなかにいる。それは気持ちのいいことでした。恥ずかしくも、面倒くさくもありませんでした。

いつか、子供と、ここで、雪のなかで、かくれんぼをしたらいい。

そう思いつきました。

子供が転んで、泣き出しそうになったら、私が走っていって——そう思おうとして、TTのイメージが私を追い越しました。TTが子供を、顔も性別も定かではないぼんやりした子供の像を抱き上げる瞬間が浮かびました。

だって、子供の半分はTTなんだもの。

私の遺伝子とTTの遺伝子が抱き合っているんだ。

粉雪が舞い始めました。私は空を見上げます。自分の体が浮き上がっていくような気持ちになります。目にかかったり、頰を撫《な》でたりする粉雪のなかにいて、私はひどく幸せでした。

言わなくちゃ。

きっと喜んでくれる。きっと。

家に帰ろう、と思いました。向き合って話をしよう。

ポケットから携帯を出して電源を入れました。これから帰る、と言おうと思ったのです。TTの寝起きの眩しそうな表情を思い出しながら、番号を呼び出す瞬間、あの懐かしい Beast of Burden のイントロが耳をかすめたような気がしました。

解説

佐々木敦

僕が今、この文庫解説を書いている理由は、以前、絲山秋子にインタビューをした際に（それは『ばかもの』についてのものだったのだが）、「『ダーティ・ワーク』を読んで泣いた」などと口走ったのを、絲山さんが覚えていてくださったからだと思う。

しかし、実を言うと僕は、いわゆる「泣ける小説」とか呼ばれているものは大嫌いである。はっきり言って、ベタな手段でひとを泣かせることはとても簡単なのであって、そういうインチキを恥ずかしげもなくやることでウケを狙っているような小説（でも映画でも音楽でも）には心の底から虫酸が走る。

だが、絲山秋子は、そういう手合いとはまったく違う。僕は『ダーティ・ワーク』だけではなく、『ばかもの』でも『袋小路の男』でも『海の仙人』でも、思い切り泣いてしまったのだけれど、それらを読むことで流された涙は、断じて思うに、他のあまたの「泣ける小説」とは、質が全然別格なのだ。じゃあそれは、どこがどう「別格」なのか、ということを、この解説では書いてみたいと思う。

『ダーティ・ワーク』は、「小説すばる」の二〇〇五年十月号から二〇〇六年十月号まで、隔月で七回に渡って連載され、二〇〇七年四月に単行本として刊行された作品である。ロック好きを公言する絲山秋子らしい趣向だが、各篇のタイトルは全部がローリング・ストーンズの曲名から採られている。メイン・タイトルも同じくストーンズのアルバム名（及び曲名）だが、しかし「dirty work」という言葉から本書の内容をあらかじめ推察することはほぼ不可能に近い。

読者はむしろ、読み進めながら「何故、この小説はこんなタイトルなのか？」という疑問を頭のどこかに醸造させてゆき、登場人物たちのふとした言動や物語上の展開の中で不意に腑に落ち、やがて深く納得することになる。それは各篇のタイトル（曲名）についても同じである。読み終えてからあらためてタイトルに立ち返って考えてみると、そこに意外な理由と豊かな含意が潜んでいたことにじわじわと気付かされるのだ。

ところで、「ダーティ・ワーク」の雑誌連載が開始される直前の二〇〇五年八月、絲山秋子は「沖で待つ」を「文學界」に発表、この作品で第百三十四回芥川賞を受賞した。デビュー作「イッツ・オンリー・トーク」（〇三年）、同年発表された「海の仙人」（芸術選奨文部科学大臣新人賞）、「勤労感謝の日」（〇四年）に続く、四度目のノミネートでの受賞だった。何度も候補に挙げられながら、なかなか受賞できないというのは、実は割によくあることではある。ところが絲山秋子は二〇〇五年に長篇『逃亡くそたわけ』で、直木賞の候補にもなっているのだ。仮にそのとき直木賞を受賞していたら、当然芥川の可能性は消えていただろうから、運命を分かつ落選（？）だったことになる。

一般的には正反対の性格を持つ文学賞であると思われている芥川賞と直木賞の両方で候補になったことのある作家は、車谷長吉、角田光代など、近年も結構居たりするのだが、こと絲山秋子にかんしては、ごく近い時期に二つの文学賞で候補に挙がっていたという事実と、結果としての芥川賞の受賞は、きわめて重要な意味を持っていると僕には思える。この点にはあとでまた戻ってくることにして、『ダーティ・ワーク』の内容に入っていこう。

とは言ったが、本文よりも前にこの解説を読んでいる方は、まずは何の予備知識も持たずに、最初から読み出してみることを強くお勧めする。まったく何も知らないままの方が、この作品の驚くべき巧妙さと類い稀な感動を100％味わうことが出来ると思うからだ。実際、僕自身、初読の時には、何度も何度も、小さくあっと叫んだり、にんまりしたり、思わず唸《うな》ったりさせられたものだ。とにかく、絲山秋子という作家は、抜群に小説が巧い。そしてその「巧さ」を、一篇一篇読んでいく内に、読者はいわば倍々ゲーム的（？）に思い知っていくことになるのだ。

少なくとも最初の三篇を読む限りでは、この作品は、いわゆる「連作短篇」みたいに思える。冒頭の「worried about you」では「熊井」というギタリストの女の子の物語が語られる。彼女は昔一緒にバンドをやっていて、或る出来事がきっかけで絶縁状態になってしまった「TT」という男のことを、今でも想っている。彼女は「TT」と再会したいと強く願っているが、彼が今どこでどうしているのかさえ知らない。さばさばとクールな外見の裏にナイーヴな内面を隠し持った「熊井」のキャラは、絲山秋子が好んで描く人物像だ。

続く「sympathy for the devil」では一変して、輸入車の広報をしている「貴子」という女性が、恋人の「辰也」と最近ケンカしてることや、カッコ良い兄嫁の「麻子」と仲良くなったことなどを、ラフな喋り言葉の一人称で語ってゆく。リズミックで軽やかな、何でもないようでいて細やかに計算され尽くした口語体は、絲山秋子の専売特許ともいうべきものである。

三つ目の「moonlight mile」では、またもや前篇とは一見無関係に、「遠井」という男の許に、何年も音沙汰のなかった「美雪」という大学時代の同級生から、難病に罹《かか》って入院中なので、すぐに見舞いに来て欲しいと突然メールが来る。けっして美人とは呼べない、むしろ牛のような顔をした「美雪」に、彼は昔ふられたのだ。「遠井」が「美雪」の病院を訪ねる、たった一日のエピソードである。

これらの三篇は、いずれも独立した短篇小説として読むことが可能である。というか、ここまで読んだ段階では、おそらく多くの読者が（僕もそうだったが）、この三つの物語が相互に関係があるとは思えないだろう。ところがこれ以後、この「連作短篇」は、急速に「長篇小説」の様相を見せていくのだ。

四篇目「before they make me run」には三人の視点人物が登場する。「遠井」の弟、「貴子」の恋人「辰也」、「熊井」の親友である「高田」。「俺」と「わたし」と「私」という一人称が、一見ランダムに続くのだが、次第にそこで語られている事どもが、他の（そして以前の）エピソードと思いがけぬ形で繋がったり、ここではじめて明らかにされる事実によって、それまでの登場人物や設定に対する認識が、意外な姿で上書きされたりしていく。ちょうど真ん中に位置していることもあり、物語後半へのブリッジ的な一篇と言えるだろう。

次の「miss you」では、歯科医の事務をしている「持田」という女の子が初登場する。彼女はもうすぐ「できちゃった婚」をする東大卒の出来の良い姉に、なにかとコンプレックスを感じている。そんな彼女の目下の関心は、行きつけの花屋の「辻森」さんだ。彼女にとって「辻森」さんは魅力的な謎に満ちた人物だが、その気持ちは恋とは違うのかもしれない（違わないのかもしれない）。

その「辻森」と「遠井」の意外な親交が明らかにされるのが、続く「back to zero」である。更には「辻森」と「熊井」との、更には「辻森」と「麻子」との、思いも寄らぬ関係が次々と物語られるのだが、何より特筆すべきなのは、「worried about you」の「TT」と「遠井」が同一人物であるということが、ここではじめてはっきりと明示される、ということだろう。もちろん勘の良い読者なら、これよりも前に察していることかもしれないが、相互に無関係と思っていた人物たちの陰の結び付きが次第に露わになってゆく、まるでミステリ小説のような展開には、ささやかな興奮を禁じ得ない。そしてここから『ダーティ・ワーク』の物語は、俄《にわ》かに収束に向かってゆく。

ラストに置かれた「beast of burden」は、ふたたび最初に戻って「熊井」を視点とするエピソードである。やっと再会を果たした「TT＝遠井」と彼女の「その後」が、「私＝熊井」自身の一人称で語られる。穏やかな「ですます」調の語り口が非常に効果的だ。見事な、ドラマチックな、そしてこれ以上ないほどに巧いエンディングだと思う。読み終えた時、僕は自分がいつのまにか泣いていることに気付いた（レトリックではなく、ほんとうのことである）。そしてその「涙」は、そんじょそこらの「感涙」とは、まるっきりカテゴリーもクオリティも違う、つまり「別格」のものだと、強く思ったのである。

既に述べたように（敢て触れなかった細部の仕掛けも沢山ある。各自二読三読してご確認ください。思わず唸ることしきりだから）、『ダーティ・ワーク』の物語は、実のところかなり複雑なものである。一見したさりげなさ、短さに反して、どれほど凝ったプロットであるかは、各篇の登場人物を書き出して、相互の関連図を描いてみれば分かる。まずこの卓越したストーリーテリングに驚かなければならない。隠されていた事実が明らかになって初めて、以前の記述のあの部分が実は伏線だったのだと分かる、これはそう簡単には出来ないことなのだ。

しかも絲山秋子の文体は、一人称であれ三人称であれ、必要最小限のミニマルな言葉だけで成り立っており、余計な粉飾など微塵もない。にもかかわらず、登場人物たちは皆、いきいきとしており、彼ら彼女らの揺れ動く感情が、リアルに伝わってくる。「行間を読む」という言い方があるが、絲山秋子の文章は、まさに「行間」を読者に豊かに実感させるべく、厳密に言葉が選ばれ、配されている。しかもその厳密さを、ほとんど気付かせないのだ。

真の「巧さ」とは、このようなこれみよがしではない、巧さを巧さと認識させさえしない巧さのことをいう。テクニカルな意味でも、絲山秋子の小説の「巧さ」はケタ違いである。これがおそらく直木賞候補に挙げられた最大の理由だろう。つまり、彼女は並のエンタメ作家では到底太刀打ちできない程の腕を持っているのだ。

だが、絲山秋子は、やはり「純文学」の作家で（も）ある、と僕は思う。それは本作が連載されたのが「すばる」ではなく「小説すばる」であったという事実を踏まえても、そう思える。そしてこの点が、先の「別格の涙」ということに繫がるのだ。

『ダーティ・ワーク』で描かれているのは、幾つかの、幾つもの「出会い」と「別れ」、そして「再会」であり、その中には「恋愛」や「難病」や「出産」などといったテーマが縦横に配されている。これらだけを取るならば、実は凡百の「泣ける小説」と、それほど変わりはないのだ。だが、そこから受ける感動は、ワザとらしさのまったくない、掛け値無しに真実のものである。なぜなら、絲山秋子の小説には、読者に安易に（無理矢理）共感を押しつけてくるところが、全然ないからだ。

僕が思うに、この「共感の強要」という装置は、現今の表現行為において、もっともタチの悪いもののひとつである。他の絲山作品と同じく、この『ダーティ・ワーク』は、そんな「共感」とは一線を画して、構成も文体も、あらゆる面で、なにげないようで毅然とした、ストイックでハードボイルドな佇《たたず》まいを守っている。そして、そのさまこそが、逆に他のあらゆる「泣ける小説」にも増して、純粋な本物の、「別格の涙」を催させるのだ。

これを、僕は最大限の敬意とともに「文学的感動」と呼びたいと思うのである。絲山秋子の小説は、いうなれば「泣ける純文学」である。そして『ダーティ・ワーク』は、その最大の成功作のひとつである。これから何度でも、この小説を読み返すたびに、きっと自分は「別格の涙」を流すことだろう。

初出「小説すばる」
「worried about you」2005年10月号
「sympathy for the devil」2005年12月号
「moonlight mile」2006年2月号
「before they make me run」2006年4月号
「miss you」2006年6月号
「back to zero」2006年8月号
「beast of burden」2006年10月号

この作品は二〇〇七年四月、集英社より刊行されました。

集英社文庫

ダーティ・ワーク

2010年5月25日　第1刷
2020年10月24日　第3刷

定価はカバーに表示してあります。

著　者　絲山秋子《いとやまあきこ》

発行者　徳永　真

発行所　株式会社　集英社
東京都千代田区一ツ橋2-5-10　〒101-8050
電話　【編集部】03-3230-6095
【読者係】03-3230-6080
【販売部】03-3230-6393(書店専用)

印　刷　凸版印刷株式会社

製　本　凸版印刷株式会社

フォーマットデザイン　アリヤマデザインストア　　マークデザイン　居山浩二

ISBN978-4-08-746567-9 C0193